에코토피아

Ecotopia

백소연 시집

에코토피아Ecotopia

백소연 지음

발 행 처 · 도서출판 청어
발 행 인 · 이영철
영　　업 · 이동호
홍　　보 · 천성래
기　　획 · 남기환
편　　집 · 방세화
디 자 인 · 이수빈 | 김영은
제작이사 · 공병한
인　　쇄 · 두리터

등　　록 · 1999년 5월 3일
(제321-3210000251001999000063호)

1판 1쇄 발행 · 2022년 12월 20일

주소 · 서울특별시 서초구 남부순환로 364길 8-15 동일빌딩 2층
대표전화 · 02-586-0477
팩시밀리 · 0303-0942-0478

홈페이지 · www.chungeobook.com
E-mail · ppi20@hanmail.net
ISBN · 979-11-6855-098-8(03810)

이 시집은 국가문화예술 지원 (재)진북문화관광재단 2022년 지역문화예술육성지원사업에
선정되어 보조금을 지원받은 사업입니다.

시인의 말

인간의 내면 응시하는 시선의 각!
삶과 죽음의 관념 뚫고 구체적 의미를
발견한다라는 것은
일상으로부터 유리되지 않기 위해
스스로 자맥질하며 오랜 숙고 끝에 시간을 풍장시킨
나름의 보상 아니었을까
문득, 생의 아포리아Aporia가
따뜻하거나 차가운 말 사이 꿰뚫는
찰나의 경계를
본다
벼락 맞은 대추나무처럼
일련의 사건들 앞에 '나'와 '우리'는
또 얼마나 무기력하던지. 생명의 소중함과 잇닿는
나의 구원, 나의 산성, 나의 힘이 되신 야훼께 감사드리고
나의 뿌리, 나의 배꼽 내 부모와 가족에게 사랑과 감사를
늘 등 토닥여주는 모든 분들, 또 그들을 위해
나 역시 오늘도 전투적으로 기도한다. 더불어
생명에서 생명으로
대자연의 마음 한폭 전달되기를 감히 소망한다.

2022년 11월
백소연

차례

2부 에코토피아Ecotopia

3부 밀실, 데칼코마니

4부 들에도 봄은 오는가

1부

파피루스의 필사

월식

정박 상실한 어둠,
누가 허방에 비애의 안주 걸어놓은 걸까
휘황찬란한 소주방 입간판에 붙들린
주정꾼의 퀭한 눈동자
휘청, 휘청거린다
달을 집어삼킨 빌딩 숲 뒷담화
집어등처럼 늘어선 압구정동 인파 속
에돌아 나오는 찰나
느닷없는 급정거 소리, 길을 막는다
때맞춰 네거리 한복판
경계 신호등에 멈칫 선 낯선 사내 씨팔 씨팔
바람치마 안은 채 대로를 통째 씹어대는 풍경이라니!
위풍당당 또 다른 거리로 편승하겠으나
번지수 잃은 막다른 골목
그 길의 끝 어디쯤인지 혹은 막다름인지
아는 사람 아무도 없다
어둠 깊을수록 독사의 자식처럼
틈 비집고 드는 네온사인, 생은 우회전만 가능할까
물혹 떼어냈다는 친구 만나고 오는 날 문득
어디쯤 건너가고 있는지 몸은 마음을 묻는다

커져가던 혹 떼니 생전 가닿지 않던 곳에 마음 눕더라,
울먹이던 말 도리질 친다
컴컴한 등 뒤로 쏠린 건널목 앞 우두망찰 섰다

빛 창창한 날

비구름 휩쓸린 곳에

선선히 나타날 수 없지만

푸른 생각을 매단 사람에게

난 소망의 빛 될 수 있지

산, 들, 바다 어느 구석진 곳에

비바람 맞으며

폭설도 감내하며

제 홀로 긴 터널 걸어 나온

들꽃이라도 어루만져 주고,

귀뚜르르 귀뚫귀뚤 귀뚜르르…

작은 풀벌레 사연도

스멀스멀 파고드는 적막한 슬픔도

밤새도록 귀담아 들어줄 수 있지

하나 날이 다 저물 때까지 영영 함께할 순 없겠지

창창한 햇빛 뒤 그림자,

한 떼의 먹구름도 때로 숨어 사는 법이니

굴비

일시에 붙잡힌 생 질기디 질기게 매달려 사는
너보다 어쩌면 내가 더 차갑고 무섭고 징그러워질 때
은사시나무 흔들림이나 바위섬 석화의 바스락거림
피안의 뒤켠에 숨겨둔 피다만 봉우리
몽돌 밖 굽이치는 서사 구불구불하다
바다의 배를 열면
집어등 따라 손 바쁜 어민들 채비
아직 비릿한 부두의 소금기 버리지 못해
왁자지껄 끌고 들어온 타지인 수다 받아 적는다
누군가 돌아나가고
누군가는 먼 산바라기로 고민하며 길 찾는 오후
물의 나라 통째 몰고 다닌 꼬리지느러미
힘차게 낚아채 한소끔 절여내는가
황석어, 부세, 보구치 널브러진 해안
가는 곳곳 굵고도 허기진 짠내 물씬 빠져나온다
간기 흥건히 배어도 너나없이 휘청거리는 결의 결
켜켜히 접힌 섶간 곰삭여 비로소
감칠 맛 나는 참맛의 진가 한 두릅 엮어낸다

황사 아토피

내 안에 166개의 달 떠 있다. 창밖을 내려다보면 냉랭한 바람 몇 줄 고집처럼 파고든다. 아무도 모르게 잔기침 쿨럭대는 새벽, 바람의 꼬리뼈 문턱에 걸려 자주 넘어지는 것인데 열 오른 목 따끔거리기 시작한다. ***한숨 따위가 회오리의 원주율을 멈추게 할 순 없어!*** 붓 끝에서 먹물 떨구듯 풍문이 놓고 간 노오란 비늘 훔쳐낸다.

한 고비 건너 두 고비, 일상 수식어쯤으로 미루어 짐작했다. 목구멍 컬컬한 필터 없는 세상이 문제였을까. ***먼지의 독毒***, 스멀스멀 신경 파고들 때 비로소 왔다 사라지는 들숨 날숨 인기척. 창문을 닫아야 할까 열어야 할까. 반란은 시작되었으므로 블랙홀 속 모터를 돌린다. 공중 획 긋는 수만 갈래 피사의 사탑, 도시를 할퀸다.

까칠까칠한 정수리, 生 통과하는 수분이 문제다. 진화의 등뼈, 타클라마칸 사막 건물 지우며 건너온다. 단순하고 흐릿한 존재감 내게로 몰려 앉는다. 마침표를 찍는 순간까지 미세한 방심조차 허락하지 않는 오호라, ***이리저리 적조 발생시키는 고저주파 무채색 활주로!*** 도입과 종결도 없이 시공 초월한 흔들림, 천지는 시방 먼지구덕이다.

허방의 집

잠에 취한 거리, 바람 따라 휘청거린다 전선줄 위로 목 뺀 키 큰 건물들 휘어진 길목마다 기대섰다 사거리 점멸등 경계의 눈빛 조금도 늦추지 않고 나를 쫓는다 아직 미명한 시각. 길은 턱없이 멀고 황량하다 문득 고개를 힘껏 치켜 올린다 누군가 밀창을 열고 물음 뜬 뜰 채 공중에 휘젓는다 *'달랑 쇠창살 벽 하나 기대고 사람들 허공 위에?'* 창밖 더듬거리며 넘어다본다 일순 ***별 하나 온몸 이동하여 하늘 무게 이고 주춤, 하고 선다 사는 게 그랬을까*** 더러 흐르고 혹간 더 높은 자리 위로 팽팽한 활시위 당기며 혹 받아내며 어느 찰나刹那로 옮겨 앉는 것이었을까 하나 매달린 채 견디는 사각 후미진 세상 촘촘해. 까까머리 사내아이가 조간신문 활자판을 둘러메고 계단 위를 튀어오른다 까마득한 허방의 집에 익숙해진 사람들 꿈꾸는 새벽녘. 크르릉거리는 승강기에 발을 올려놓는다 고층에 오를수록 아슬아슬, 가파른 길 오르락내리락 무진장 휘청거린다

샤갈의 눈

아직 제 계절 아니었음에도
찬란한 꽃 되기를 소원했던
열일곱 살 꽃띠 가시내 풋사과로 자랐다
새로운 세계와의 만남은 종종 파국을 불러옴으로
어느 날, 피기도 전 늑골 꺾여
길 위로 던져졌던 것일까
재즈며 팝송에 물들어 살던 아이
실패의 등 뒤에 선 입에 붙은 사설 엮어
시름조차 씹어먹었다
마을 회관 뒷벽에는 M사 화장품 가방끈에
인생 한 짐 묶여 갔노라 설명되었고
소문은 미용사 코사지로 접붙여
시절 내 비매품 액자로 내걸렸다
틈과 틈 의연히 존재치 못하였으므로
매여 있는 말 풀어 융단을 까는 온갖 수다 만평
그러거나 말거나
탈탈 털어 말린 쓸 만한 몇 구절의 혼용 기억
구석에 세워둔 저녁은 깊다
슬픔 마를 때까지 사유는 곧장
미궁 뒤로 휘어지는 것인데 한 아이
튼실한 열매로 불리어지기까지

또 얼마나 긴 비탈 천둥과 번개 구르며 건너왔을지
천년 계단 오른 인생이다, 터무니없는 생각 수평 긋고
마당 깊은 곳 세간살이 보듬어 산다는
비 젖은 목격 찍어낸다

우물에 대한 단상

1. 우물

회문산 기슭 작은 마을 박씨 아저씨네 다 낡은
두레박, 길의 배꼽 설핏 들여다보네
얼마를 파고 들어갔을까 아뜩한 구심
팽팽한 탱자나무 울타리 흔들 때마다
온 식솔들 모여앉아 강물 되는 연습했을지도 모를
갱도 같은 어둠 한 자락 우물길 덮고 있네
차마 퍼올리지 못해 몇 날 며칠
손바닥만 한 논밭 뙈기 고랑고랑 파 제킨
여름밤 화농
뿌리끼리 뒤엉킨 속울음 매매 쓸어안았던가, 덮었던가
아궁이 속 생솔가지 지피다
헐레벌떡 무릎걸음으로 누에치던
쥔아주머니 안녕하신지…

2. 끈

해 질 녘 제 홀로 깊어져 하 수상하던 묵상,
불타는 중심 내내 훔쳐보았네
두렛줄에 대롱대롱 매달린 반연絆緣의 탯줄은
꽁보리밥 버물리던 짜디짠 간장종지마저 달게 삼키게 했다던
그때 그 집 그 텃밭
삼뚜까치에 걸린 삼올을 뽑아

살 올의 끝과 끝 비벼 잇댄 허벅지로 길쌈 쳐
생의 멍석 깔았다했던가
누에 치던 시간 도리질치며 문풍지 속속 헤집던
온갖 형상 날벌레와 눈물방울도,
확독에 으깨던 매운 세간살이 고춧가루 맛도
잡직서(雜織署)[1]를 하늘 아래 천직으로 빚던
잉아의 끈이었음이 틀림없는 사실이라는데
생사 굵기로 길 달라지던 정개문[2] 앞에
Y자형으로 엎드려 사네
가려운 곳일수록 더 깊게 곪아 자지러지는
그 집 앞 싸릿문 옆구리에 와 닿은
나, 심원을 쿠웅 열어 젖히네

3. 생의 내력

굴뚝마다 이울던 생사 내력 아욱국처럼 피어오르면
이 빠진 항아리 가득 곰삭던 젓갈내
오래된 집터 휘감치네
열매 맺지 못한 벽조목(霹棗木)은
뒤틀린 채 문 밖에 섰고
유독 키 작던 골목 안 가겟방
쥔장은 웬일로 자리를 뜬 건지
천만사 흐드러진 버들그늘만
미친년 속곳 마냥 펄럭이네

---

1) 잡직서(雜織署): 비단을 짜는 사람
2) 정개문: 전라도 사투리

엎질러진 생 바람의 치마폭에 감아
야간도주 한 자식 하나 있었던가
강남 제비 되었다는 입과 항문 없는 소문의 단봇짐만
구멍 난 담 기웃대다 소박맞은 며느리 앞치마와
마을 안팎 능선 걸터앉은
절반의 해
바람 실소에 자지러지는 회문산 에돌아 끼고

4. 파문

기둥과 기둥 가로질러
힘줄 박힌 칡넝쿨로 벽체 골조 세우던
그 많던 댓돌 위 신발 어디쯤 건너갔을까
토방 가득 얼룩진 손지문 헤살치네
붙잡을 것 하나 없는 상처된 활자들
객지풍산 바람 무늬만 찢어진 문풍지에
붙들어 매어 둔 걸까
익냉이, 무삼도 이미 째는 데서 세(細)가 결정돼
경사 80올 1세가 된다는 돋움 길
바디 한집에 두 올을 끼워 쌍올베 밤새 감쳐도
굳은 살 박인 손발 바빴던 쥔아주머니 안녕하신지
무심코 잎 진자리 들춰보는
그 집 그 텃밭에
지 · 금 · 은

남근목
–에바우 전설

흠집 많은 원목, 거칠거칠한
외피 툭툭 쳐내 결 고른다
잉잉대는 전기 톱 안쪽에 끌, 낫, 자귀
온갖 연장 동원한 장안의 소문난 여자 장인匠人들
음푹진푹 돌출된 곳 생생 생 대패질하며
무진撫鎭 세월 뿌리 단호히 절단한다
볼품없이 자란 놈, 등 굽고 고부라진 놈, 보다
실하고 제 키 훌쩍 넘는 놈
산전수전 다 겪어 누운 송진 木 추슬러
몫몫이 애정 안고 바지런히 사포질하면
이윽고, 메마른 생명 속에 천우신조 새겨앉을까
멀찌감치 뒷짐 지고 섰던 타지 어르신네
“그 놈 참 잘생겼네. 큰 일 했수다…”
잊혀진 다복한 웃음 바다
아등바등 그물 엮인 애닳은 삶 하나 되기 소망하는가
모나고 뒤틀린 품격 다독여
양각음각 각인시킨 장인 손끝 쓱 쓰윽…
매듭 잡아 닦은 고행 한참씩 휘돌아나가는
사람들, 해풍 다스린 울력 행사에 쑥떡쑥떡
은근히 한 해 월척 애써 기대하는 눈치다

호리병 속 둥지

어느 공중 힘껏 비상하여 빈집 찾아들었을까
세 들어 살 집마저 물색하기 쉽지 않았던지
남의 집 앞마당 호리병 속에 턱, 하니 터를 잡았다
바다 건너 능선 그 먼 나라 수 천리 길 헤쳐 온
허기의 날개인가
가장 옹색한 곳에 생의 터 옴싹 잡아 앉힌 울타리
어미의 단단한 양날개 호위병으로 우뚝 섰다
알전구 하나 없는 발목 시린 길

새들의 최후는 낙하이거나 추락일까요?

행여 누구라도 물음 끝에 훔쳐 볼까
쏟아내는 달빛 온몸으로 가리운
입 좁은 방
도무지 보이지 않던 길의 안쪽
목 안의 소리 숨죽여 다독이던 어둠 속 계단
몇 시절 또 냉가슴앓이 적요한 두근거림이었을지
눈물인 줄도 모르고 출산한 모정의 세월
진종일 먹을거리 실어 나른 생의 무게라니!

출렁한 전깃줄에 생의 족적 푹푹 무너질 때마다
지상의 길고양이 울음소리 너머 침묵조차 전쟁이었을까 어쨌을까
굳게 걸어 잠근 어린 날개의 방 하시절 간담 조인 것인데
너무 일찍 핀 꽃의 봉오리 같이
강 건너기도 전 터져 나온 갓난 울음소리 보듬어 안고
시절 내 뜬 눈으로 지새었을 모서리

90평 아파트와 포르쉐, 10억의 묶인 돈, 부동산 완장은 만 가지 행복그래프일까요?

쥔장은 반쯤 기울인 호리병 밖으로 여덟 개의 문 활짝 열어 제킨다
푸른 깃, 울울한 숲 향해 돋움 솟는다

파피루스의 필사

비탈진 계곡에 구깃구깃 구겨진 사유
크고 작은 잎
하늘바라기로 휑뎅그레 기대섰다

종적 불사한 나무네 유전자 속에는
나뭇가지와 돌, 진흙으로 빚은 기와와의 연대
고스란히 글자로 새겨져 있다.
오래된 습성 탓이었을까
잎과 잎맥 사이로 물든 자글자글한 실핏줄은
쓰다만 파지처럼 이슬 끝에 뒤엉켜
난타난타 수 세기 기록 중이다
구겨졌다 펼쳐지는 아코디온처럼
비단실 한 묶음 뽑아
길 위의 길, 길 아래 길 낱낱이 엮어낸 것인데
공들여 필사하듯
찌푸린 이맛살로 알록달록 채집한
비탈, 물관 타고내리던 여린 순과 그것의 곡절 담은
단단하고 탱글탱글한 쪽빛 문장과
은사시 같은 홑소리와 닿소리 사설 어딘가에
나는 시방 물들어 서성거린다
한껏 소리 소문없이 서리 끝에 선 어깨들
가뭇없이 서성이다 아래 위, 위 아래로 다시 세월 향해
쭉쭉 뻗었다 이내 구겨진다는 것

펼쳐지고 시들하다 움돋는다는 것
진술은 솟아치고 내리쳐도 늘 자연 아래 눕는다

눈치도 없이 세월보다 앞선 꽃
광풍 아래 드러눕기도 하는 것인데
시절은 어디로부터 썰물로 밀려갔다 밀물로 오는가

뒹구는 사설 받아 적다 설핏 귀퉁이에
한모서리 웅크려 앉은 붉나무 사람주나무 들여다 본다
맥과 맥 뚫고 지나간 헛바람과 그 구멍 안에 갇힌
온갖 벌레들 아우성과 쓰다만 문장의 구구절절한 어제
길은 금세 능선 하나 넘어선다
한 주름 구겨진다는 것,
주먹 안 모래알로 버리거나 놓아버린다는 것
하여 옴싹 제 안의 것 내려놓는다는 사실 앞에
들어올렸던 기록 정녕 깊고 단단한가 사철 내내
뿌리와 줄기 잎맥 들락거리며 얼마나 구겨졌다 펼쳐지고
흩어져 펄럭이며 지구 소식 퍼 날랐을까
간헐적 삭풍에 무릎조차 어쩌랴 싶은 것인데
벌레 입은 옹이의 키 큰 하늘바라기
쓰다 버려도 다시 쓰고 지우고 일으켜 세운 집대성
결결 명백한 필사
숲 안고 도는 흘림체 파란
종이 뿌리에 고요히 잠긴다

껍질과 껍데기 혈血의 빛, 기록의 書로 남아졌을까

페달링의 원리 3
-가을 산행

허공에 팔 벌린 잎들, 시시덕거리며 바람수레 타고 몰려다닌다 때죽나무, 참빗살나무, 가문비나무… 봄과 여름내 겹겹이 포개어둔 속말 술술 풀어낸다 뿌리 걸머진 물관 우듬지 오가며 톡톡 여물어낸 까닭인가 산에서 길 잃으니 나무가 길이다 저만치 산기슭 중앙에 유독 샛노랗게 활활 거리는 사람주나무. 문득 나무도 한 세상 접어내면 사람 되는 것일까 제 이름 하나 남기는 것일까 발아래 뿌리, 나를 본다 *언제 누굴 위한 메마른 곳에 거름 된 적…?* 내 어깨 툭, 치며 수많은 잎들 후두둑후둑 눕는다 풍파 삭힌 오색 병풍, *고통도 지나고 나면 아름다울 수 있다?* 시간의 태엽 느릿느릿 풀어진다 이 산 저 산 쉬이 달아나지 않는 메아리, 미궁의 발목 들춘 계곡과 계곡 잇댄 초가 등燈 길을 연다 구절양장한 산행 수차례 만났다 헤어진다 산 넘고 물 건너 돌고 돌아 눈뜨는 길 모서리, 초록심연 자근자근 더듬어 속말 술술 풀어내는 활강터널, 다시 걸어 나온다

페르소나 7
–지붕 위 빨간 구두

1

자스민 향수 진하게 풍긴 옆 얼굴 사이로 세상
몇 주름 따라도네. 굽 높은 힐 즐겨 신는 그녀
등 뒤로 사계의 선율 출렁거리네 아무도 꽃과 나비와
새가 자라 울울한 숲 될 것이라 믿지 않던 골목.
드뷔시의 달빛 운율 디저트와 레몬즙 닮은 선율은
그녀의 아침이며 저녁임을 뒤늦게 눈치챘네.
걷다가 터진 맨홀 같이 감흥은 가슴에서 머리로
차차 들어올린다는 사실까지.
키 작은 아이들 가슴과 귀는 오직
저녁의 귀뿐이라네. 아이를 등진
그녀, 바다로 출렁거리며 열대어 날개 되곤하네.
길 밖으로 튕겨쳐 나가던 날은 틀림없이
피투성이로 돌아오네.
아무도 초인종 울려대는 그녀 심장에
귀가 닿지 않았으므로
고독한 바이러스에 감염되었던 것일까.
급하게 두드려도 이웃은 열리지 않더라, 목메이게
읊조리던 장미의 이름! 그 서책의 자물쇠 누구도
쉬이 열어볼 수 없었던 사람들은 오래된 병이라고
이름짓기 시작했네.

다른 손에 옮겨졌던 유년 시절
그녀, 몽땅 세척하고 싶어
제 동굴 속 깊숙이 영혼을 숨긴 것인데,

아홉 살의 시계는 왜 그녀를 꼭꼭 걸어 잠궜을까.

늦은 밤마다 웃자란 담 기웃거렸으나
집보다 높은 구두의 회귀 무시로
안개에 휩싸이기 시작했네
진종일 수 천 볼트 전신주 오르내리는 지아비 적금 통장은
그녀를 우주 밖으로 실어다 놓고 실어 오곤 했네
피자며 콜라 햄버거 즐기는 아이들 나라 퀵 서비스!
허기질 때마다 한바탕 전쟁도 폭발하는 것이어서 멀리
던져진 유리 파편 제멋대로 절뚝거리는 전축, 오갈 데 없는
미키마우스표 캐리어와 캄캄한 목소리 짊어진 사유
뒷굽 떨어져 나간 구두에 실려
자주 실족 되곤했네
집과 거리, 거리와 거리 그 뒷골목

2
돌아올 발자국 소리에 밤새 귀 기울이다 끝내
겨드랑이 깊숙이 날개 숨긴 아이 둘
애써 고막 틀어막은 채
깨진 약속은 도자기가 될 수 없나요?

동화 속 터널 안에 문 없는 움막 두드리네
뒤주 속에 갇힌 나 어린 소녀 도둑 숨 쉬며
잠 속에 빠진 엄마 흔들어대던 시절
밤 깊을수록 금세 별똥별로 사라진 꿈의 울타리
험상궂은 어른의 낯빛과 지우개 된 약속과
대답 없는 이름 골고루 포개 앉힌 구두 굽 피해
길은 무던히 변칙적으로 흐르곤 했던 것이었으므로
모두가 모두에 대하여
내일은 낯설디 낯선 타향이었네.

어느 날 고속 터미널에서 딱, 마주친 그녀!
깃 세운 목
빨간 구두 끌어안은 이름 모를 사내가
아스팔트에 서서 빈 깡통처럼 생을 온통 뒤흔드는 것인데
관을 기어올라도
다시 똥통 속으로 떨어져 뒹구는 구더기 같이
굽 높은 손발, 아이도 없이 점점 대문 밖으로 멀고 멀어졌네.

페르소나 8

반드시 가야 할 길과 가지 말아야 할 길 앞에서
움찔거리는 노선 보았지
누구는 가재
누구는 능구렁이
누구는 산딸기
누구는 사자나 호랑이 혹간 삶
귓속말 커질수록 광장에서 우주로
점점 전이되는 에코(Echo)!

바스락거릴수록 크거나 작게 숨어들어오는
비, 구름, 바다, 노을 한 자락
용마루로 내려 선 구름 한 손 툭툭 두드려보건데
빗방울 끝에 딱딱해진 가슴 적셔보아도
사랑할 시간 얼마 남지 않은 푸르고 붉은 숨결이라니!

공처럼 튀어오른 푸르던 날도 낙엽에 휘감기는 법이어서
떨어질수록 치고 도는 허공 속 거미줄은
마침내 소리와 빛, 어느 파동으로 무늬를 낼까
서로 다른 나무의 표정 제각각 반짝이는 흰 등뼈로 서서
노을 창창한 서정으로 다가오는가

단풍든 한 소쿠리 감나무 밑
가만가만 걸어 들어가면 숲 안쪽 사람 풍경 보이네
견디기 힘든 것일수록 무시로 출렁이네

섬진강

섬진강가, 꽃눈발 설레였다
지리산 상류 골반 깊은 뱀사골에
오골오골 모여 몇 번인가
식솔들 토닥토닥 말간 세안을 한다

뭍으로 솟은 은모래 빛 바윗돌 둘러앉아
거품 몰아치는 청포 물살 타고
두릅나무, 산딸나무, 굴참나무, 후박나무 유유한 기슭
때로 푸드푸득 장끼 튀어 오르면
굽진 산허리 아래로 아래로
힘차게 진보하던 그 낭랑한 수로水路소리!

인적 드문 길 들어서다 설핏
알몸 들어앉힌 속 단단한 매실 함뿍
보듬어보거나 혹 고라니 발자취 비껴 앉은
풋 푸른 산머루 처녀 송이
가만가만 뒤밟는 꿈 꿔도 좋은
저 골골한 청솔 뫼, 울울鬱鬱한 숲

도달해야 할 곳 향해 나는 얼마간
북북 오르기만 한 걸까 오를수록 가빠져
내 발분한 숨 맥없이 꺾고 마는
산기슭 생생한 사슬 물결, 마침내
산전수전 닦아낸 향기 굽이굽이 뿜어 올린 걸까
강천 돌아 나오는 발등상 위로
수심계곡 연접한 외딴집 속속 등 밝힌다

향일암
-레테의 江

한 남자 물 속에 잠겼네

그 남자 비껴선 나는 '해를 향한 암자' 찾는
몇몇 사람들과 등 푸른 고갯길 올라섰네
비 한 줌 부슬부슬 흩뿌린 후
허공 매달린 빛의 광채.
물기 밴 빛도 때로 내 몸 휘감는 바늘가시 되는가
오가는 영구암 곳곳 소금 꽃 피었네
바닷길 사모하다 바위 된 거북이 등딱지,
영 돌아갈 수 없는 슬픈 모가지.
그 남자 물 맷돌 치는 굳은 몸 어루만지며 여울로 섰네
일순 해독 안 된 문양 새긴 암자 조각조각 잡아챈
핏빛 동백冬柏 두서넛 내 발등상 툭, 물들였네
수천 년 세월 풍파 못 건넌 독 가시
바다거북의 등허리마다 각지게 박혀있다고,
해는 점점 목탄 서산 길 어룽어룽 비껴 서고 저만치
그 남자 아직 떠나지 못한 물가.
숯불 끌어안은 물의 눈 나는 뚫어지게 바라보았네
이름 없이 빛도 없이 죽음마저 자초한
목 꺾어 뒤돌아보는 바다 새(?)
뼈 없는 그림자 수심 걸어다닌 반나절.

향일암 검푸른 거북 등 타고
나, 레테의 江 서성이는 한 남자 보았네
지천에 동백 흐드러지고 강은 너울너울 흐르는데.

페르소나 9
-얼룩무늬 나비

1

그리고, 그래서, 그러므로, 그리하여
쉼과 숨표 사이에 어떤 느낌표의
우울과 깡총 무늬 아로새겨져 있었던 것일까
한 번도 정체된 적 없이 나는 이곳에
오래 전부터 머무를 수밖에 없었던 것인데
맨바닥에서 14층까지의 거리는 얼마간 정서였을까
부동산 공인사무소 유리창 위에
주인 없는 토지문서 흥건하네
거리는 어떤 복병 탄생 혹간 개척하려는 것인지
계단과 경사 치열한 것인데
우체국과 전신전화국까지 뻗친 소식은
몇 마일의 정서이며 세월이었을까

비포장도로와 빌딩 숲 터널 그 육교와 비닐하우스와의 거리,
엘리베이터와 방망이 빨래터와 세탁기와 우물이며 안마기
청량음료와 생수 사이 반짇고리와 재봉틀과 양장점과 이발소,
구멍가게와 만화방과 게임방 버튼, 정거장, AI 동시다발로
걸어들어온 자리, 아이스께끼와 냉장고 사이의 거리 같이

아무도 받지 않는 전화벨 같은 비포장 도로 위에서

몇 번인가 마주치고 스쳐 닿아도 못 본 척
어라, 어! 새침 부리던 요일 지나가고 지나간 것인데
아무것도 당연한 것 없으므로
조금씩 실족하며 무딘 칼날처럼
휙, 휙 우리가 서성거리네

가만히 안팎 들여다보면
대강의 비슷한 사유에 묻혀
흔들흔들 비틀비틀 골목골목 야금야금
엇갈린 체 모두가 모두의 모두에게
아침 저녁 술術이 술述한 까닭에 대하여
크고 작은 트렁크에 대하여 주머니 많은 자물쇠에 대하여
종류별 회전의자에 대하여 빌딩이며 면류관에 대하여
의자와 안경과 지팡이와 모자에 대하여
예수의 예수 없는 예배당에 대하여 혹간 구두와 벨트와
캐리어보다 가벼운 나이프와 숙소와 침실에 대하여

잠시 허공에 영혼과 육체를 맡기고
아마도, 가끔, 뜬금없이, 나는 지상에 대하여
이웃 개 짖는 소리에 대하여
바이러스 앞에서 삭제되거나 공중부양되거나
본적지마저 소멸되고 생성되며
죽음에서 생명으로 깜빡거렸을지 몰라

어둠에서 파생되는 구급차 신호음 뒤로
한꺼번에 우울 몰려온 파장과 일상 침침함에 대하여
견딜 수 없는 바닥을 느꼈던
진실보다 더 진실 같은 거짓, 도로마다 흥건하다
줄곧 비껴 건너다녔던 습관된 횡단보도 위로
셔터문 닫혀버린 지구의 발자국
피곤 몰아칠 때 빠져든 수면인가 위태함인가
바이러스 술렁이네

2
잠시 쉬었다 가는 길, 왜 이리 힘들어?
의문의 답 없는 거리의 거리 탐지된 날개 언제 내려놓을까
명목 없이 인덕 없이 명찰과 완장 좋아하는
네가 준 인류 간판이나 번지수 빽빽한 도로명
헛짚을 때마다 놓쳐버린 이정표
아찔한 면도날 되기도 하지

사는 게 거기서 거기라고 이름 짓고 확정짓지 않아도
나는 내내 누군가의 곁에 맴돌았고
누군가는 내내 내 곁에 밑창 깔린 거푸집
운율 없는 CD플레이와 조경 없는 창으로 피고졌던 게야
똑같은 꽃 똑 닮은 열매 수확할 수 없음에 대해
해고 당한 생의 갈래 바라보듯
너도 나도 울었을까 웃었을까?

탱자나무 울타리 온기는
꿈을 여섯 자쯤 키워 올린 아지랑이가 무지개였던 게지
훌쩍이며 멍 때리는 순간이라도
불행 따위 앉은뱅이 저울질로 가름하지 않았어

살다 보니
불가능의 수치 더 높은 포물선을 그리더군
허허로운 광야에서 싹 틔우긴 더더욱 목마른 사막이지
사탕을 좋아하는 아이 풍선이었을까
그래, 그래서 불운한 것들일수록
단 한 번도 꿈의 무대에서 내려서지 않았더군
어쨌든 사막은 오아시스 찾아가는 어린왕자가 되게 하지

3
가끔, 아주 가끔 말이야

먼지 들썩이던 신작로와 옥수수죽 들끓던 교실의 배고픔과
운동장 가득 널려있던 은행잎과 들판의 만국기와 허수아비,
키 작은 의자와 석탄 난로 위에 쌓아 올린
양은 도시락과 흰 칼라의 교복과 아우성치는 신발
공중 정원에 모여 휘장을 치지
키 클수록 운동장은 작아진다는 원리 눈치채 버렸을 때
아주 종종 정전되고
하나 둘씩 줄어든 교실 목격하지

아이들은 그런 풍광으로부터 점점 멀어지고
나는 생각의 집 서까래 밑에 고개 웅크려 앉은 것인데
그 길의 주인에 대하여 누군가는
곰곰 떠올리다 방랑객 되더군
자갈길 미장시키던 아스팔트 바닥과
고장 난 우산 받침대로 깊게 꽂힌 대못과
무릎 딛고 올라서던 폭설
하면, 히말라야 산맥 눈송이는 어디로 떠났을까
개울가며 빨래터와 방천둑 전신주 따라 사라지던 날
족적에서 족적의 상실 식물들 사생활뿐이었을까
수십 수만 숨표와 쉼표 KTX 타고 잇달아 사라져
끝내 뚝뚝 분질러지는 서정 목격했던 게야
동구 밖 은행나무와 버드나무 가지며 느티 木
뿌리 채 잘려나간 아카시아, 탱자나무 울타리
그것의 뼈도 없는 본향은 누구의 몫?

대강 일회용 티슈나 포크 나이프 편리함을 사랑하지
바나나는 길어 길으면 기차 기차는 빨라 빠르면 비행기…
거부할 수 없는 속도 지구를 열 받게 하거든
부실부실 어깨 토닥이는 산성비와 쏟아지는
앞집 옆집 한꺼번에 휩쓸어버리는 폭우와 폭설도
불타오르는 지구의 다발성 목록이어서 슬펐을까?
저만치 건너가 느티목으로 우뚝 서서 지켜보는
터, 이태껏 세월 휴식 기다리는 정거장 한 채

그쯤 동구 밖 키 큰 느티목의 나이도 깊어져
새끼들은 또 다른 둥지 향해 날아가고 가끔
문풍지 밖 찬바람 목놓아 우는 것이어서
이별이며 또 다른 만남
지상파 주파수는 필라멘트지

물푸레나무 속 명주

줄기와 잎 비벼 한 솥 물에 담그면
제 몸의 수피로 하늘 땅 물들인다지?
백내장도 승려복도 그 빛에서 풀어지고 태어난다는데,
알아주고 찾아주는 이 없어도
적송 금강송 팥배나무 지나
가느다란 생의 기폭 맘껏 펄럭인다
40℃ 웃돌던 지상 복사열 제키고
한쪽 면과 각 새로 스민 빛깔 들여다본
늦은 오후, 잔류된 햇살 앞 마당에 흥건하다
수 세월 가로지른 장인은
휘장 마름한 면과 각마다 감동 얹혀
느낌 서린 바람 끝에 얼룩 없이 펼친 것인데
줄과 줄 틈에 잔뜩 뭉친 몇 가지 선 헝클어진다
경계 넘나든 오합지졸, 이합집산
가늘게 굽어진 바람 곁눈질 탓만은 아닐 터
손끝에서 매염은 펄럭이고
다시 끌어안고 수세하는 저 시간의 풍장이라니!
경 읽듯 헹궈 담는 희고 푸른 종소리 울린다
침침함을 환한 값으로
껄끄러움조차 한 결로 빚어 올린 천의 길
득도의 혼魂 건너온다

잔뜩 허리 뭉친 이승도 깃 끝에 한껏 펴 올리는 것이어서
해종일 헹궈 담는 손가락마다 스민 물과 나무의 향
지천 가득한 몇 날

자진모리 휘모리로만 바뀌어가는 시일의 매듭 품어
쪽빛 문장을 친다

2부

에코토피아Ecotopia

자가수정(自家受精)

신호등 앞, 쉬이 손닿지 않는 작은 꽃집
–지금은 외출 중!
나무 푯말 유리문 기대섰다
생명을 파리 목숨처럼 잘라 가버린 간밤의
뉴스 뒤로 또 안개는 피었던 것일까

지천에 널린 물음 투영하는 창가에
물오른 혈관 투욱 터트린
서리 젖은 입과 그 입술 밖 말의 분신
한 자쯤 목 빼고 내려다보는 것인데
맨발로 어둠 밀고 온 꽃 시절 하나
느닷없이 돌진한 폐화수정 곁에 우두망찰 섰다

生은한알의밀알썩어질때비로소만인을향해터지는沓주머니인것

너무 빨리 주저앉은 줄기와 간신히 버티고 선 실뿌리
안개 잦은 팽목항 끝에 가 닿았을까
문득 구부러진 담벼락 냉기로 스친 거리
거리를 낳아도 알이 될 수 있는 시선 끝내
오지 않았으므로 안개는 호올로 수중분만 중이다

접었다 편 날개, 너는 정오에 흐르는 트럼펫 혹간
지극히 개별적이고도 집단적인 아우성이다
싱아는 어디 가고 카네이션, 라벤더, 패랭이, 캐모마일
붉고 노란 최후 언저리로 나비나비 난다

해인사, 팔만대장경

그 숲에 들면 나무의 서책 읽을 수 있을까

생의 판각 염원 걸고 한 자 한 자 천 년 길
건너 징검다리로 앉아 있는 입구 쪽에 한 발 내딛는다
길은 길로서 길의 길 내는가 산벚나무, 돌배나무,
자작나무 그 목숨 안에 곱게 다져진 경문 좇아 시절 없이
찾아드는 사람, 사람들. 오르고 내리는 길도 종국에
누군가의 첫걸음으로부터 열리고 닫힌다는 것인데
3년 동안 바닷물에 담궜다 몸 안 수분 뺀 오롯한
나무의 넋 시방 우주 속 햇빛과 통풍으로 꿈틀거린다

백팔 번의 절 시종 올리던 사내 아까부터 들썩들썩
차마 일어서지 못하고 엎드려있다 참회의 기록
썼다 지웠을까 건너온 길 아득 아득했을까 문득 분노의 크기
커져버린 삶에 대하여 흐느끼는 듯 눈 감은 듯 한 호흡
한 무릎 내려놓기란 얼마나 큰 고행의 연속인가 겹겹
포개 앉은 반연絆緣의 기도문 사이로 연꽃 문살 등
고려에서 현재까지 초아로 밝히고 선 것인데…

천 년 세월 가도 한결같은 골담초 흐드러진 담장 밑에
계절 놓친 꽃 촛불로 섰다 때 아닌 것도 많아 차마 이별

통보받지 못한 수억 인연 가만 들여다보니 생사 갈림길
기도문도 인생사 기록인 것인지 주렁주렁 매달린 소원성취
우르르 몰려 앉았다 산 자의 또 다른 발원문일까 버리지
못한 죄의 삯 공양인가
나비 나빌레라 조그만 골담 꽃송이 밖
뼈 채우는 말씀 줍느라 일시 발길 멈춘 채 우수와 환희
들락거리는 것인데 속도 없힌 꽃 말씀에 맺혀 저절로
너울친다

그 숲에 들면 산벚나무, 돌배나무, 자작나무 서책
길의 길의 길 낳는다

로테의 방

올 여름 해머백 2,699,×××
가디건 1,405,×××
스웨터 1,108,×××
반팔 니트 900,×××원…
세상을 향해 로테로테 롯테 이름만 들어도
익숙한 그 시인도 은근 생각나는 것인데
큰 손 기다리는 오목한 장바구니
머릿 길을 연다

앱 다운 20% 세일가에 목숨 건 옆집 언니의 비화
평생의 소원 가방 끈에 매달아 둔 하루 품 삯
길 건너 밭두렁 논두렁에 앉아 풀 메고 피 뽑는
일용직 아낙들 웃음소리
등 뒤에 꽂힌다

가방 크면 생각도 클까요? 누가 소리쳐 물어

천궁 휘돌아보니
발가락 까딱거리는 먹구름 구더기 떼 같이 우글우글
한꺼번에 덮칠 기세다
풍문으로 들었소!

수천 수억 수량 매진설 뱃전의 생갈치마냥 날뛰는 날
간신히 엮어올린 인생
아서라, 길 재촉하는 농가의 손발들
터벅터벅 집으로 가는 길

신종뉴스 파노라마 내일을 묻는다

에코토피아Ecotopia[1)]

방향 따라 분명 거울이기도 벽이 되기도 했던 게야
매일 아침 물고기 한 마리씩 실종되었지

제 몸의 혈육 눈 깜짝할 새 잡아 삼킨 살육(殺戮),
돌아볼 줄 아는 시를 쓰지 못한
물고기 사생활에 대해 모 월 모 시 관찰자도 기록하지 못했어
아무도 눈치채지 못한 피비린내 항체
좌심방 우심실 안부의 뒤척임 뒤로 한동안 증거는
증거로써 완벽하게 인멸되었던 게야

어느 환절기인가 첩첩이 키운 분노 조절장애 탓에 이별 택한
황가네 아부지, 그 오장육부 속에는 소아마비된 딸과
실명된 아들과 고무다라이 가득 한 생 이고지고
공사판 드나든 순대장사 아지메가
쪽방에 오금 쭈구려 산 것인데
박힌 유리 조각 피무늬로 흘러나올 때
오장 찢는 통곡조차 짐승 모가지로 잘려나올 때
과열된 부동산과 탑이 된 집세 지면 위로 뚜벅뚜벅 건너올 때
하, 끝말은 생각으로부터 오는 것인데 황씨네 일용직 노동

---

1) Ecotopia: 에콜러지(Ecology: 생태계)와 토피아(Topia: 지역)가 합성된 명칭.

새끼줄에 대롱거리던 연탄 몇
냉돌 아랫목 데우긴 데워냈을까
품어 삭이지 못해 피우기도 전 시든 식물들 사생활에 대해
더는 놀라지 않는 이웃 심장 침 튕기며
주머니 속 민주머니 밑바닥에 들어앉아
꾸깃꾸깃 정보지 들여다보던 돋보기

시방, 딱딱한 시선의 각 돌연 바벨탑 특보로 상기시키는 날!

넉살 좋은 안시스트루스[2] 엎어진 닮은 형상
각각 기면증 정도로 스쳐갔을까 어쨌을까
몸집만 커진 물고기처럼 모서리 깎인 돌의 이끼로 누워
죽은 척 기침하지 않았을 끄덕임 혹간 안이한 스침 정도의
Cm와 Cm 가로막에 둘러앉은 이웃한 시선 쌍끌이
'설마'로 장사지냈지
지금이란 방파제도 물 될 수 있단 사실조차 눈감은 체

황씨 아저씨 아지메도 백 촉 백열등 품어 안고 앞길
깜깜해도 불빛조차 배부르던 신혼 몇 있었다지
심연의 오아시스는 신의 선물인 것인데
붉은 지느러미와 눈 마주치며 밤새 미소 짓던 순간까지도
제 핏줄 잡아먹는 유리막 속 피비린내

---

2) 안시스트루스: 열대어. 바위나 나무에 붙어 죽은 척 누워지내는 습성이 있음. 안시라고도 불리며 주로 이끼 청소용으로 활용됨.

눈치채지 못하였으므로 스스로 면죄부를 부여했을까
육(肉)이 육(肉)을 집어 삼킬 수 있는 현장.
의아함과 의구심만 눈뜬 채 꼬리지느러미 향방에 대해
그 처연한 물흐름의 속사정 아는 듯 알지 못하였네

억울한 사람은 실금 하나에도 종을 치거나 문 두드린다는데
말 없는 생, 목격자를 찾습니다!

눈 먼 반짝임에 깜빡 졸았을까 어쨌을까 얼싸안고 등 비비던
유리 벽 속 비늘도 단역 될 수 있단 실화 같은 것!
하면 들키지 않는 떨림이란 무엇일까?
인간의 사생활이란 샤콘느Chaconne와
자클린의 눈물Les larmes de Jacqueline로 읽힌
감정의 덜컹거림 CD 안에 갇힌 맥놀이일 뿐이었는지 몰라
개복수술 불가한 종(種)은 울리고 종(鐘)은 울리는
생명의 부레 왕창 씻겨나가는
길, 칼 친 통증은 모두의 모두에 의한 저녁이며 아침이네

영원히 썩지 않는 물 흐름, 번지수 잃은 관계를 묻네

우물가를 돌다
–신채효 생가

울밑에선 봉선화며 대나무 숲 기척 따라

부엌문 들어선다

아궁이 깊은 온기 장작의 깊이 들여다 본다

장독가에 울다 핀 상사화 곁

민무늬 창호지 탱탱하니 실바람 끝에

명창의 단전 소리 출렁인다

받침 하나 올릴 때마다
홑소리 닿소리 긴 그림자 희번덕거리는 것인데
평상에 앉아 달과 구름 위로 메기고 받았을까
놀이에 지친 어린 계집아이들 목청 열어
한 생 고스란히 받아적던 자리 훤한 것인데
손 때 묻은 쪽마루에 앉아 아니리 한 곡조
귀명으로 듣는 늦은 오후
한 섬지기 가마솥 이어 받든 아궁이
식솔들 양식 제대로 뜸은 들였을까 어쨌을까
댓돌 위 신발 모로 누웠다
동아줄 부여 맨 생의 허리 일 년 삼백육십오일
창창한 대나무로 뻗어 나온 것이어서
담장도 무너진다

달 속의 싯귀

풀무치 속 벌레들 울음
초록 꿈 산란 중이다

다 늦은 밤 은하수에 귀 기울이고
또 누군가는 속삭이기 마련인 것인데
길게 뻗은 천궁 위에 천천히 눕는 달과
창가에 서서 어정쩡 눈 맞추는 서리 한 줌
붉고 노란 깃 가을 한 잎 끌고 오는가

전동차 소음 속에 갇힌 잠자리 눈과
누운 나무다리의 절체절명 위기의 뿌리와
이슬 끝에 후두두둑 떨군 국화 몇 송이
잣 껍질처럼 심안 뒤집어 펼치는 어둔 자루 속
서사, 치어다 본다

성급히 결론 짓던 방랑의 계절 다 어디로 갔을까

저문 정적 빈가의 창틀에 그믐달로 내걸렸다
눈썹 없는 모나리자처럼
실존적 갈등으로 등터지게 밀고 밀리던 거리
키발 든 무게와 무게 밖 소신에 대해
206개의 뼈마디 우루루 일어서서 기형의 춤사위 넝출거린다

이쯤 바다로 통하는 유정한 항로인가
몽유의 도원인가 싶은 것인데
어디에도 가 닿은 적 없는 적요한
달 속에 나조차 미끄러져

유레카! 유레카!

양파

신발장 위에 올려둔
유리컵 속 양파가 떠날 채비 중이다

전신의 힘 다해
목마른 생 적셔가며 제 기상 꼿꼿이 키워내던 양파가
어쩌다 꽉 찬 생 헐어 반쪽 인생 되고만 것인지
우주 둥근 삶 부지런히 가꾸던 늘 푸른 기상
제 몸 안 수분 다 빠져나갈 때까지 시나브로
쭈글 쭈글 늙어간 것이다
공중 분해된 세미한 속내
덧붙인 살과 뼈 일 인치씩 여미고 보면
단단하고 말캉한 알의 비밀!
견고한 껍질 한 꺼풀씩 벗겨져 나온다

자기를 비워낸다는 것은 빠져나오지 못한
in, out 그림자 찾아낸다는 것

자유롭게 비상하는 물 찬 새 소리
귀담아듣던 식물들 사생활 어느 한켠에 누워
유리컵 속 무관심 거부했는지
독기 가득 찬 일상 헐어

숨어든 어둠 들여다보고 싶었던 것인지
모를 일이다
희고 둥근 세계, 투명하게 살기 원했던 일생의 반원
산산이 쪼개진 길조차 눈부시다

담쟁이덩굴

담벼락 휘감은 넝쿨 손 악착같이 빈 처마 엮는다
더 이상 오를 수 없는 질망의 벽 기어올라
손을 힘껏 뻗쳐 푸른 세상 펼쳐보이는
생인손, 앙칼지게 기어오른 날망
마른 땅만 밟고 다닐 수 없었으므로
폭우에 찢긴 속살마저 한줌 뼈 없이 포개진 生
쭉쭉 길 밖으로 뻗쳐나가는지 진종일
깊고 넓은 바다의 아가미 속 같이
어깨 걸어 잇는 보폭 치렁치렁 엉겨섰다
하늘 붙끈 보듬어 우러른 시일 아찔한 벼랑
뒤로 한 발 물러설 듯 다시 올라선 저 서슬퍼런 깃
어느 한 때 우리 저토록 악착같은 생의 횃불
밝혀 본 적 있긴 있었을까 사노라면
비열한 입들 밀치고 송곳 이빨 주무기 되기도했던가
아차, 하면 눈먼 나락되는 생
밀어내고 밀쳐내도 처얼썩 정신의 마당 파고드는
바다 근성 닮은 너라는 교감이라니!
문득 뼛속 깊숙이 물음 파고든다
맨주먹밖에 없는 것들은 서로를 부빈만큼 더 자랐을까
-급할수록 돌아가라 무서워 말라
어둠 껴안은 진초록무늬 주홍 물관 용마루 덥석 휘감아

혹독한 기침起寢 세운다
비명 내지르며 관절마다 생 지펴내는지
눈물 머금은 끝동 차차 붉어진다

늦은 오후 女子들

오색실 풀어헤친다
일상 갈아입힌 말의 비단
부지런히 천만 가닥 누에 실가닥으로 뽑아낸다
일순 겹겹 속 싸맨 타래
툭 튕겨 나왔을까 어쨌을까
미처 부화되지 못한 하루살이
대바늘 끝에 슬겅슬겅 모자이크한다

반닫이 안창 깊이 싸매 둔
어혈, 1001호와 1002호의 굳게 닫혀 있던
회색 철창문 쉼 없이 술렁거린다
(하, 저길 봐! 수천수만 애벌레 우우
탈피탈각 꿈꾸는? 허방을 날아올랐어!)
길은 길로 끊겼다 다시 이어지는가
때마다 희끗희끗 서리꽃 맺히는 모퉁이
여자의 여자, 작은 탁자 위에
허리춤 맞지 않은 제 밑바닥 생
밀랍 속에 밀어 넣는다

흩어진 장롱 흘끔흘끔 넘어다보며
엇갈린 세상 문 열고 닫는 해묵은 모반인가
날실과 씨실 새에 엮인 너와 나
이 끝 저 끝 생 올무 친친 동여낸다
세상 건너간 손가락들 보이긴 보였을까
길 위 길, 팽팽히 잡아당기는?

입에서 입으로 거슬러 오르는 나비떼
사소한 즐거움
몸 깊숙이 잠겼던 석류 웃음
방안 가득 후끈 토해낸다
잘 발효된 일상 껍데기 선명히 찍어 앉힌
여자들 수음(殊音), 저문 산등 걸어 나간다

내장산 약국

지친 중년 어깨에 동전파스
더덕더덕 붙어 산다

깊은 한숨 가로막은 마스크 위로
간간히 새어나오는 신음소리
의사 처방전 건네받은 약사는 그에 맞는
밀봉된 봉투 속에 조제된 하루 분 일상 건넨다

어디선가 밀려들어오는 땡볕 앞에
희끄므레한 중년 사내의 낯빛은
여전히 누에처럼 야윈 것인데
문 밖 고양이는 아까부터 문 안쪽 향해
사정없이 생을 할퀴고 있다

먹이 향해 반짝이는 눈빛은 비단
고양이만의 것이었을까
활개 치던 길 위 발자국 훔쳐보기도 전
중년 사내, 어느새 희망 한 알 꿀꺽 삼켜버린다

비틀거리는 생사 중심에 옴싹 밀어 넣은 듯
눈꺼풀 번쩍 들었다 놓는다
벽에 붙은 키 큰 행운목 잎사귀 어깨 두들긴다
숲 안 갖은 사생활 일생 버겁기만 한 것 아니라는 듯
입가 잔미소 서서히 번진다

회 뜨는 여자

칼금 도리질 치는 결의 무늬
파고波高 깊다

이른 새벽부터 손 바쁜 아낙은
아직 풀리지 않은 두꺼운 추위
몇 겹씩 겹쳐 입고
고무통 속 바다 뒤집어 벌떡거리는
비린 생 그물 친다

꽁꽁 언 수심 통째 열어
단칼에 생사 결판 내는 일이 어찌
식욕의 살의殺意만을 위한 찰나일 수 있을까

일 년 삼백육십오일 예리한 날(刀)
실금조차 흘리지 않고
생생 망망대해 분해한다는 사실 같은 것!
포말의 거품 일시에 몰아 역작을 낸다라는 것은
저민 절개지 그 뼛속 깊은 결 자리에
발분한 내가 먼저 가 닿는다는 것 아닌지

칼자루 쥔 아낙 손 끝에 벌떡거리는 수심
백촉 백열등 아래 한 앙푼 퍼질러 앉힌 것인데
쪽빛 내수면 품은 물고기
결결 주검 수선한 의식 밑바닥 끝내 회친다

시퍼런 포말의 송곳니 드러낸 토막 상처
절체절명 녹록잖은 등뼈
왕소금 후려친 저민 생사 육지에 뉘었다

페르소나 10

1

믿는다, 그 한 마디 하늘의 말로 직결될 수 있습니다
귀가 없는 자와
눈은 있어도 눈 없는 자
코가 있어도 코 없는 자
아무리 뒤집고 엎어봐도 믿을 수 없는 의심의 자루 속
터널로 뚫는 힘은 믿음입니다

바닥에서 소나무 우듬지까지
딱, 한 곳만 직시하는 비거리 시선 보았습니다
좁은 골목 막 벗어난 8차선 도로 위 찬찬히 읽으며
달리는 차와 차 사이 건너뛰는 믿음 보았습니다
로드킬 당한 가죽 위 수수곡절 바퀴
구더기 끓는 자국 앞 이빨조차 짓이겨진 족 · 적 ·
흘러가고 짓눌리고 압착되어 넘어가는 발 길 보았습니다
아브라함으로부터 이삭 야곱에 이르기까지 진정 거듭났을까요
단순 거리에서 거리라 믿었지만 동전의 앞뒷면
생성과 소멸 그림자로 붙어사는 딱정벌레였습니다

새의 목구멍에서 튀어나온 울음 무게 둥근 둥지 되듯
어둠 쫓는 빛 또 다른 건축개론 세워

무無로부터 유有 탄생 그것이 창조라지요
달리다굼, 달리다굼!
굶어 죽어가는 독수리 날개 비상시킬 수 있다라는
사실 같은 것?

2
알면서 알지 못한다는 이면 같이
알아도 눈감아버리는 곁눈질과 늘 한통속 되어
또 다른 행성 향해 기도 중임을 나는 목격했습니다

불끈 일으켜 세우는 양수의 비밀에 대해
고요히 침묵하지 않으면 듣지 못하는 울림있어
그 긴 서사 종소리에 대해
잠든 눈 뜨게 한다는 사실, 불면 깨우는 모차르트와
바흐의 평균율과 G선상의 아리아 라흐마니노프
차이코프스키나 베토벤 운명 교향곡 조가 바뀌듯
차가운 심연에 온기 주는 찬송과
아침 끓이는 카페인 소리와
몇 분 후 일어날 일에 대한 기도는 호흡이라는 것인데
눈물 한 방울로부터 사랑은 시작되듯
보이지 않는 것 보는 눈 붉은 시선일 때
누구라도 읽거나 읽혀진다는 사실,

알 수 없음에 대한 불확실성에 대해

알 수 있다라는 확신

결코 계수하지 않는다는 사실 같은 것!

존재함은 존재하지 않음에 대한 희망이었을까요

바라고 원하고 뜻하는 바는 비좁은 삶 이끄는

가나안인 것이어서

새벽 깨우는 참이슬은 백향목 따라 도는 영롱한 기도라지요

고구마의 생

귀퉁이에 쭈구려 앉아 있는 푸른 통로 들여다본다

투명 유리병 가득 생을 퍼담는다
어쩌다 한쪽 팔의 어긋남이
질기디 질긴 생 접붙임한 것인지
어미 몸보다 더 부풀어 오른
불거진 핏줄 밖 손가락 꼼지락거린다
비구름 잠깐 문밖에 서성이다 이내 돌아나간
응달진 거실, 빛 한자락 좇는 유전자가
또 다른 모습으로 전이될 때
뼈와 살 제 안 영양소 다 빼낸 고구마의 삶이라니!
눅눅한 고요 속에
쪼글쪼글한 배꼽 주름만 덩그렇게 살라낸
오후, 그림자 발 밑 깊어지는지
그것이 애초 숨어 산 제 그림자인지
유리컵 안에 담아낸 공명
뜬 눈으로 밤 밝힌 우주 휑덩그레 누웠다
어미 젖꼭지 악착같이 부여잡은 순 싹
받침대 목 휘감친다

에덴동산의 네펜데스*

누가 당신 호적의 번지수 물었습니까

어미도 아비도 모르는 번식의 습성 아래턱 괴고
먼 산지기 되어버린 비탈 만나기까지
존재는 이유가 될 수 없었네
17살 순정 꽃가루 속 호접몽에 담가버리고
평생 날개 없는 천사로 살아갈 줄 몰랐던 게지요.
마음 개폐장치 더 이상 문장 구사할 수 없을 때
사랑도 하와의 발 아래 밟혀버릴 뱀의 혓바닥일 줄.

어미 탯줄로부터 분리되어 제 방 마련하기까지
페로몬 따라가는 개미들 같이 그녀는 그저
다 차려진 밥상 위 숟가락이었을 뿐이었다고
누군가 흘깃, 그녀 곁에 눈칫밥 떨어트렸지요
생각은 혼수상태에 빠져 두레박질하는데
살아 있어도 곁에 없는 아버지처럼 닫힌 목구멍 속
문장 꺼내기에는 늘 누군가 다쳐야 했던 까닭으로
껍데기뿐인 사내 제 서방 같이 품었던

---

* 네펜데스: 잎 끝에 주머니처럼 생긴 포충낭이 달려 있어 벌레가 들어오면 분해 흡수하여 영양분을 섭취함. 벌레 잡는 주머니는 꽃말처럼 벌레가 주머니 안으로 들어올 때까지 한없이 끈기를 갖고 기다릴 줄 안다. 벌레가 들어오면 조용히 뚜껑을 닫음.

그녀 살풀이

바람 슬몃 문턱 넘나드는 날
둥지 뛰쳐나온 커트 머리와 틀어막힌
입 속의 말, 말, 말
괜찮은 거니?
안부 뒤로 내동댕이쳐진 숟가락과 젓가락
석류꽃은 벌써 낙화한 것인데 찍어 바른 립스틱
진종일 붉디 붉은가 이승과 저승 분리해 버린 지상의 허물
한꺼번에 왕창 벗어버린 까닭으로 천연에 물든
꿈의 조각배 탄 게지

흐려진 아무개 읽어나간 것인지 오독인지
그녀, 만좌중에 읽히거나 쓰이고 기록되었네
마음에서 일어나는 현상 거울에게 묻는다는 최소치 양심
몇 만 미터 명주실이었을까
당신은 당신의 기록인가 친구인가 혹간 미백인가

밖으로 토해져 나오는 것 단칼에 잘라
안으로 안으로 집어삼킬 때
주변은 더더 환해지더라고 허기진 생 소설 쏟아낸 것인데,
꿈 찾아가는 빛 파장 그것의 좀벌레 집어삼키는
네펜데스에 대하여 고뇌할 때마다

하늘은 그녀 광장이라네
믿음은 마음에서 자라나는 기도인 까닭으로,
입술로 뱉어버린 낱말 씨 흠뻑 비를 맞았네

보길도, 유배시첩

부용동 정원, 수련 몇 송이 세연정에 앉았다 속도에 밀려 유배당한 발바닥들 동천석실 그 안쪽 겨드랑이 굽이굽이 파고든다 첩첩 비좁은 바위 틈새로 우뚝 솟은 생의 방 한 칸! 아뜩한 내 발바닥 정각 앞에 털썩 주저앉힌다 좁은 방 안 행려병자 입과 눈 초록에 매달렸다 수심 깊은 사스레피나무, 구실 잣나무, 감탕나무 에둘러 선 오랜 면벽. 뿜어내는 찌르레기 독경 읊는 소리 천하를 깨운다 희황교, 돌계단, 석문… 은자隱者의 족적 찍혀 나온다

궁창을 열어놓았을까 아연 달이라도 둥싯 떠오른 날이면 어부사시사 혹간 오우가 한 술 산천 울렸을 법한데, 옛길 흔적만 퀭하니 열렸다 자칫 신선놀음에 도낏자루만 썩어지기 십상인 터. 세연정 허술한 연꽃 방죽 안 사라진 발바닥 내력 술렁거린다 무등한 수면의 살갗 씹힌다 불현 햇살 한 줌 탱탱한 거문고를 탄다 속으로 움켜 쥔 흉금 아무데나 방사하는 사내 몇, 술 익는 농담 허허실실 풍경으로 들앉힌다 삿갓에 양복, 누대累代에 걸친 말랑한 수렵 기운인가 환각인가 구겨진 사내들 낮꿈 훌훌 숨 몰아쉬는 정각. 길의 길 눕는다

공중 속 잠언

누군가의 주머니 팽창 된 목소리 들었다
네모 반듯하게 찔러넣은 손가락이
하나 둘 지하방 창문을 가리킨다
그때마다 주머니 속 그림자와
그 그림자의 지름과 반지름 사이로
찢어지고 터진 상처 한꺼번에 우루루
쏟아져 나왔다

바람 부는 날은 너도 먼지가 되어야 해
혹간, 소낙비 피할 처마 밑 둥지가 될 수도 있지

시끄러운 것은 모두 황사라고 이름 지었다
때로 소낙비로 불리기도 했으나 아픈 빈 주머니 채울만한
주사도 봉투도 입마개도 사라져 버린 현실을
나와 이웃은 어느새 눈치챘다
그것이 바벨탑 혹간 소금기둥 같은
허세와 혈기와 피 묻은 송곳 이빨들 전쟁과 사랑
매일 밤 상상한 평온한 별자리와 땅끝 소식에 대해
덥썩 안겨주진 않는다는 사실까지

폭풍의 언덕 지나가면 빼앗긴 봄도 찾을 수 있을까?

울음의 크기가 커지고 피 많이 묻을수록 지하에서 지상으로
14만 4천 명이 영생의 탑 얻을 수 있다고
14만 4천 명이 14만 4천 명을 설득한다
14만 4천 명이 14만 4천 명을 끌어안고
14만 4천 명을 찾아 나선 것인데
14만 4천 명을 위한 14만 4천 명은 다 어디로 갔을까
납작한 생각 쪼개고 쪼개어 모래로 만들어야 비로소
산을 옮길 수 있는 생생 무덤 키워낸다는
떠돌이 행성, 그들이 몰려온다

겨울, 물푸레나무

팽창된 시선 꿰뚫었을까
바람 날렵한 상체 쨍그랑, 수면을 깨트리네

한 시절 계곡 따라 올라서던 키 큰 나무
남김없이 제 속엣 것 다 털어낸 맨 몸의
잔 가지, 하냥 뿌리는 흔들림보다 깊은가
혹독한 빙설 견딘 언 발
지상으로 포도시 들어올린 것인데
기척 없이 누운 겨울 눈의 정막 그렁그렁
아직 동면 중이네
엎드린 짐승처럼 까치밥에 한눈치 걸린 햇살
한 폭 그늘 널어말리는 동안
철새 안부 우듬지에 걸터앉은 정오
어릿광으로 칭얼대던 새순 귀를 틔웠을까
뿌리 끝에 묵은 해의 시름 한 점 내려놓고
견디고 밀어 올린 순싹 눈여겨 보는 중이네
혼곤한 잠, 결결 단단한 심안
표주박 닮은 됫박벌레 개똥지빠귀 무당벌레 사슴벌레
끝내 둥지로 앉힐 것인가
안부 몇 시나브로 옮겨 적는
강가, 벌목되었던 물푸레나무 초록 심지 물어나른

다 늦은 오후
이윽고 시절 하나 성큼 넘어서네
껍질과 껍데기 사이 냉기 꿰어 지상 위로 힘껏 돋움 세운
계곡, 한 시절 돌아나오네

대설주의보 2

1

간 밤 내내 수천 수만 흰나비 천지 뚫고
건너오고 건너간다
약속된 찻집에서 지인을 만나
따끈한 쌍화차로 시절 한술 풀어낼 때까지
창 밖 풍경은 초대받은 손님처럼
서사의 온돌 문양 앞에 이국의 향 열고 닫는다
이방인은 이방인끼리 양식을 닦거나
더러 골목 밖 터널로 서둘러 돌아서다
대책 없이 우루루 쿵 쾅 복판에서 미끄러져 내린다

방마다 창 열린 잘 익은 표정
일몰의 배경과 물살 몇 오간다
경계와 경계
기울어지거나 지느러미 갓 빼낸 물고기로
혹간 오래된 틀니로 덜컹거린다

–시방 내가 눈 속의 굴뚝새 아닌가베.
근디 무슨 까닭있어 흰 나비 천지 가득한 겨?
워메, 속절없이 길바닥은 뭔 일로 미끄럽디여! 냉돌에 등
비벼도 손잡아 줄 사람 하나 없는디

맨 주머니 뭘로 달랠 겨,…

사각지대 울먹인다
내일은 눈, 일기예보 속 위태한 백발 쌓인다
폭풍 지난 지평 먼 곳 떠난 가난한 안부 안전하실까
하늘도 지붕만큼 옮겨앉을 때 셔터문 닫히고
천궁 휘어 도는 무희들 3분박 느린 4박자 살풀이
엽서 위에 간절히 써내린 추신
일시에 초서로 휘갈긴 희디흰 서정이라니!

2

며칠 전부터 안색 초조해 보이더니
동지섣달 빙설의 추운 새벽녘
어미 개가 마루 밑에 새끼를 낳았다
어느 곳이 제 본적지인지
어느 배꼽 길 따라 예까지 찾아왔는지
누가 메리란 이름을 지었는지
당췌 신원조차 알 수 없는 *-Merry!*
백촉 백열 전구가 비좁은 생 지핀다
간밤내 산통하더니 복실한 제 새끼 요람요람
일곱 마리나 터잡아 앉혔다
눈곱도 채 떼지 않은 새벽녘 꼬물이들
새빨간 탯줄의 배꼽
핥아주고 핥아주고 또 핥아

생명에서 생명의 젖무덤 잇닿은 맨살을 부빈다
얼핏 보면 밋밋하고 또 얼핏 보면 반복과 나열
단순한 동작 속에 감춰진 우주!

창작이란
비단 내가 짓는 시詩만 생명의 난제 아니므로
핏줄 의미가 사람의 것으로만 종결되는 우주론도 아니었다
새끼 핥는 어미 세밀한 생사 복화술묘사!
진종일 종種은 울리고 종鐘을 울린다

3부

밀실, 데칼코마니

권태, 뱀장어스튜 2

완도의 바다 횟집 성근 뜰채 위로
묵직한 물의 나라 섰다
양수 밖으로 빠져나온 후 고통은 시작되었을까

탐스럽고 미끈한 장어 몸 쓰다듬던
사내, 수심 깊은 심원 가닥가닥 읽어내기 시작한다
인정사정 없이 바다 배 가른
난해한 수중 골자

함부로 바다 배꼽 열어보지 마라!

먹이 사슬 자유롭지 못해 물 밖에 서서
허세 부리던 객지인들
쥔장의 잽싸고 은밀한 수음
칼 친 도마 위에 시선 빼앗긴 것인데
소금 간 밴 이승만 파닥파닥거렸을까
물의 길 금세 숨 죽이고

꽃무늬 접시 위로 희고 여린 살점만
산 자들 입 향기롭게 열고 닫는
활어 치는 밤, 그 많던 가두리 그물 누가 다 해체시켰을까
밀물과 썰물 너울친다

페르소나 11

보도블록 위 흥건히 내동댕이쳐진 광고지
요란한 나신 발 끝에 차인다
구석구석 뒤집어 보지 못해 앙탈하는 도둑 고양이
도시를 할퀸다

얼어붙은 밤 버려진 생의 뒷장 너덜거린다
휴먼매직체 뒤엉킨 룸살롱 네온간판
어둠 밝히는가
불고기치즈피자 일부 삼키다 만 조각 음절 툭툭 분질러진
쓰레기 뒷골목 날카롭게 물어뜯는 사거리에
쭈뼛, 시선은 섰다

피가 돌지 않는 무수한 주검 머물다 간
여기 어디쯤이었을까 그때
주소불명 헤드라이트 사이와 사이
휘적휘적 건너던 살찐 암고양이 있음과 없음,
도시 수태한 무리 샹들리에로 서성거릴 때
파란 눈 박힌 하늘과 땅 저물도록

주 · 름 · 무 · 거 · 운 · 앉 ·은 ·뱅 ·이 ·저 · 울!

브레이크 밟고 선 날렵한 종결어미 뒤따르던
흐린 날의 행간에 우뚝, 섰다
급한 은륜의 보도블록 틈에 개켜둔
종각 어디쯤 계단 사라지지 않는 지하
그 길 위 길
립스틱 짙게 바른 옥외 간판 어깨 들먹이는
건물 밖 거푸집, 붉은 벽돌 들어앉았다

밀실, 데칼코마니

길 건너는 수수 많은 마네킹을 보았네 매일 눈 뜨면 성큼 건너 가고 건너 오는 대형 마트와 빨래방 사이 순댓국집 문밖에 다른 듯 닮아 버린 신형 로봇들 널브러졌네 시선의 각은 꿈의 빌라인가 눈빛과 눈 속의 눈 어느새 바다 위 나비로 나네 스물한 살의 항해를 위한 날갯짓 끝내 출항부터 정박까지 시선 고정시켜 버린 급제동 급발진 아스팔트 위의 오만가지 틀, 시간을 휘젓고 다니는 페달링은 크고 단단한 유리 천정 날아올라 똑같은 탑 거리의 거리에 선 것인데 뒷굽 바싹 들어 올린 힐, 단단한 지팡이와 가죽 벨트, 알 없는 뿔테 안경 신작로마다 대롱거리는 십자가 매단 채 터벅터벅 첨탑을 향하네

관념에서 실화로 뒤바뀔 때 광장은 소리인데
흐르는 강은 세상의 중심에서 당당히 외치고 흐를까
카테리나행 기차 8시에 떠날 때 이웃은 어떻게 주목했을까
1347년 바르세이유에서 아비뇽까지 골수 파헤치던
음울한 페스트 소식-
지인의 괜찮냐는 질문 한 소절에 질끈 감았다 뜬 눈!

매일 아침 코 끝 간질이던 수수꽃다리와 보랏빛
오동나무 전신 떠난 울타리 밖, 동백나무 모밀잣밤나무
너도밤나무 머릿결 쓸어 넘기는 10월의 애愛 폐쇄병동을
연록의 숲으로 안내할 수 있을까 잃어버린 길에 대해, 죄를
고백한 어느 꾼의 거짓 자백에 대해 거푸집이나 캐리어나
숨겨진 노트북에 대해 연습할 수 없는 죽음에 대한
이별에 대해 도미노로 쓰러지는 창 밖 뉴스
등 돌리는 썩은 이목구비 버리지 못하는가
한 쌍의 연리지로 목을 얼싸안고 지축 뒤흔드네
빈 테이블 위 쓰다만 서사로 뭉뚱그려진
사소한 것들의 아우성
뿌리에서 낙엽으로 낙엽에서 뿌리로
시절 하나 건너가는 것인데 어딘가로 쉼 없이
달려가는 지평은 마지막, 마지막을 외치며
내일로 붉어지네 공전이며 자전 불태우네

페달링의 원리 4

우연한 통화, 혜화동에서 일 마치고
지하철을 탄다
시나리오 막간처럼 몇십 년만의 해후
시절 그림자 한 호흡 귀퉁이 거울로 반사된다
유년의 나이테 우물로 끌어안고
돌아 나온 돌담, 기억 품어 삭여온 세월인 것인지
말 속의 말 스쳐 지나간 곡절 촘촘하다
구멍 숭숭 뚫린 가물한 사유 속에 들어앉힌
퇴행성 골다공증!
속 빈 뼈마디 생 좀 먹는 시일이어서
일천 가닥 어긋난 풍파 갈잎 같다
수다만평 애써 웃음 지은 뒷목인 것인데
그쯤 출렁이던 세월도 자장거리는 것이어서
일평생 입 잘 쓰는 구필가처럼
먼 거리 마주함에 움찔, 움찔 숨표를 찍는가
각각 식은 찻잔 위로 애써 부정한 빈맥
한 눈치 더듬거린 늦은 오후
쫓기는 것은 시간 뿐인가 한때의 엿가락 같던
노래방 운영도 여의치 않아, 꺾이는 곡소리
이내 따라잡지 못해 미소로 화답하는 음표
방방 난다
침묵 속 낯빛 딱히 주체 없는 그늘과

차마 내뱉지 못한 말줄임 사이에 꽉 낀
풀려버린 나사, 우울의 샹송 기댄 늦장인 것인데
떠나보낸 것은 떠나온 것과 어떤 유리천장 도배했던 것일까
일순, 싱크대 막혀 불쾌함 들쑤시던 좌뇌 우뇌의 기억
코끝 스쳐 눕는다

너도 한 곡절 덜 익은 과실을 씹었을까

햇빛과 바람과 습한 는개 사이 뚫고
길은 싹 틔울지라도
모진 풍파 속 눈칫밥 자칫 뼈를 다치게도 하므로
시일은 그렇듯 그녀 발목 쥐었다 놓는다
덜컹거리는 일일 걸음걸이 지칠세라
신은 간헐적 웃음 한줌 얹혀 놓았던 것인지
허허거리며 등 다독이는 들음과 나눔 위로 한 접시
덩그마니 해를 품는 다 늦은 오후

길은 어디쯤 도달한 것인가

문門, 술 항아리

동시다발 통증은 지독한 동물성이다
어디서부터 어떻게 취해 건너온 것인지
사내는 의지와 상관없는 반대편으로 상체를 기울였다
얼결에 구름다리 거쳐 몸만 내려놓은 먼 산
각 맞지 않을 때마다 모서리에 복사된
불온한 생각 빼내지 못하는가

비척비척 흐늘흐늘 하시절 보는 것마다 취객 넘나든 그림자!

속도에 밀린 첨단 바코드가 세상 몰고 와
비루한 멱살 휘감치며 왕왕 시비 붙여도
주먹질은 멈추지 않는다
눌리고 눌려 얼려놓았던 구름이며 솜사탕
직선으로 내리꽂히던 수심 덜컹거린다
잘라낼 수 없는 각 선명한 부모된 도리 내려다보는
지킬박사와 하이드, 사람을 뜯어 먹는 술 항아리 그림자
부러진 가지 어디쯤 내려놓았을까
시선 닿지 않은 곳 없는 젖은 옷
혼자 돌아가는 식기 세척기처럼 패대기친다

오른쪽 빰이 왼쪽 빰을 한꺼번에 내주었을까

마음에 두고도 평생 입지 못한

두꺼운 점퍼에 대해 곱씹는 언어의 장벽!

어느 이름모를 숙소와 정거장 꿈꾸는 것인가

암암리 밑바닥 누비고 다니던 보폭

황량한 가로등 된 것이어서

궁극에 한 결로 잇닿지 못해 주절대는 선어말어미

가까운 미래는 없는 것이냐고

콘크리트 외벽 디지털보다 호랑이며 뱀 도깨비 껴안고 살

아날로그 숲으로 가고 싶다고 실경실경 눈은 내리는데

삶은 돼지고기 몇 점에 녹아내리는

소설, 실존적 무늬 본다

그릇

끼니마다 요긴했던 생계 집기 넘어다본다

겉보고 속 모른다는데

땜질 못한 알록달록한 생채기 버려야 할까

옴팡하게 파인 속, 생생 닦아내야 할까

최신식 인스턴트 메뉴

新 전자제품 칼라전단지 일목요연하게 줄섰다

때론 버릴 수 있는 미학 필요하긴 필요한 것인지

한 세대 훌쩍 건너뛴 식솔들 반상기

만만치 않은 옹이 카랑카랑 들엉킨다

함부로 내동댕이칠 수 없는 탱글탱글한

몇 사발의 푸른 독毒 쏘옥 불거진

손에 익어 모서리 닳은 오래된 그릇일수록

웅숭웅숭 사유 깊다

바늘구멍 속 낙타

압구정동 사거리
일렬 횡 귀금속 가게
다이아 사파이어 진주 루비 까메오…
세모, 네모, 마름모 꼴 부산하게 꺼내놓고
생 한복판 뚫어대는 피어싱!
제 근성 유희하는 시선 줄줄이 매달렸다
유리 진열장 속속 족적을 남긴 것일까
북적대는 네거리 휘돌 때마다
속도에 몸 실린 걸음, 나를 지나쳐간다
늑막 치고 도는 사이클
지상에도 손 닿지 않는 불편한 길 허다해
시간의 발 멈추지 않는다
찬란한 목록 뽑아 앞질러 수첩에 끼워넣는
샹들리에 불빛 곡선으로 휘어진다
사람 감는 보석, 사방으로 튄다

사랑에 관한 몇 가지 소묘

열 수 있는 문, 정녕 없을까요?
어른들은 늘 킬리만자로 저편에 서성거리고
아이는 제 옷과 발 너풀거리며 엘리베이터 문턱에서 놀지요

아이 심장 속에는 키 큰 어른 인형만 살아요
얼음은 강물 되지만
웃지 않는 어미는 더 더 무섭다는 투덜거림
사랑 없이 바라만 보는 아비도
길의 길 묻긴 묻는 걸까요?

적절한 이모티콘도 대화창도 열리지 않는 날
아이는 자꾸 쉬운 단어부터 틀리기 십상이지요
조급한 소변 같이 어른들은 암기를 시키기 시작하죠
아무도 말리지 않는 골방에서
아우성은 아우성으로 끝났다는 전보 들려와요

엄마, 아빠는 왜 이따끔 빌려온 로봇 같죠?
깨진 기왓장처럼 미혼의 어미는
더 이상 날 수 없는 날개들의 물음, 물음, 물음
문자, 카톡, 파일, SNS…
일일 보고서와 진술서는 인정하는 필수과목이랍니다

더는 시를 쓸 수 없는 아이들도
아비 어미의 구두 뒷굽 어디쯤 정체되었을까요?

없는 자가 허기지면 더 서럽다는 안부처럼
마음 고픈 아 · 이 · 들
성벽에 갇혀 살던 동화 속 라푼젤 같이
가시 많은 뒤통수 삼켜버릴 수 있을까요
정적 깨트리는 과한 줄임말은 더 무서워요
태중에 들을 수 있는 올바른 맞춤법이란 무엇일까요?
'ㅏ' 'ㅓ' 다르다란 말 어떻게 받아 써야 할지
숨 몰아 쉬는 심장 들킬까 발동동거리는
아이 하나, 아이 둘, 아이 셋…
아이 일곱, 아이 열… 아이 스물, 스물 하나…
우측으로 너무 쏠려버린 운전대처럼
택도 없는 명령과 부탁에 가슴 조이던 유년의 저녁
한 지붕 한 울타리 한솥 밥
호랑이 담배 피우던 시절의 키 큰 어른 곡절
거슬러 오르는 동안 *차이와 차별, 안과 밖*
누가 구원할까요?

못갖춘마디 오선지 끌고 다니는 아이들 랩송
내일은,

호마이카 자개농

외눈박이 손잡이
살점 뚝 떨어진 멍 자국 응시할 때
그리움은 말초신경 일깨우는 사과 식초일까
의복 담긴 서랍장에 손 찔리는 찰나
생각 한 접시 시절 끌고 나와
다 헤진 계절 위 오래된 유랑 그림자로 섰다

실로암 물가와 눈 먼 21세기를 보았는가 느꼈는가

옆의 옆 한 생 불끈 이주시키다 그만
뉴스에 붙들리고 드라마에 발등 찧고
아득한 저녁 베고 누운 통증 한 다발 문득,
사도신경 주기도문으로 열었을까 열고 닫고
생사 목 부러진 손잡이 밀치고 타전된 블랙홀 속 들어간다
이미 굳을 대로 굳은 딱딱한 아교내 빽빽이 들어찬
뼈대 속에 느슨하고 질긴 건축설
울아버지, 거기 어디메쯤 서성거린다

시절 놓친 계절 밖으로 서서히 문명은 자라고
우주 월식조차 좀 슬은 구멍, 경계 밖 맴도는
아버지 연장은 어떤 암호의 타전일까 고백일까 십자가일까

습기 밴 일상 놓고 건넌 흔적
오토매틱 비밀은 옻칠한 장롱 위 진주자개에 못 박혀 산다
사랑 정성 한 이불 덮고 사는 어머니의
목화 솜
중심과 중심 잇대어 노루발 된 생
헐겁게 끌어안고 일일 나사 단단히 조이는 것인데
봉황의 자개 박힌 날개
한 생 곱게 날아오르지도 못하고 거꾸로 매달려 산다
생사 날개 왜 거꾸로 그려 넣었을까
팽나무 오동나무 느티나무 단풍나무
지나가고 지나가고 지나가…
"얘야, 생각을 공중 띄우면 양날개도 만나는 법이란다"
행선지 번뇌 만으로 생살 튼 수심 내비치지 않는 장롱
그 속에 누에가 산다

페르소나 12
–표정

시간을 가위질한다

머리칼 거머쥔 희고 긴 손가락,
강력 세팅된 모발 깃털처럼 고른다
사람들, 잡지 붙들고
시시각각 수다 한다발 풀어 놓는다
헝클어진 머리 쓸어넘기거나 혹간 돌아앉아
친친 감긴 일상 위에 중화제를 바른다
아름다운 것은 모조리 무죄인 것이냐고
가끔, 엇갈린 시선
미용사 손끝 응시하며 하루 손질해 나간다
칙칙한 진흙 팩
얼굴 감춘 중년의 굳은 표면 밖으로
부화된 나비 툭, 벌어진다
말라비틀어진 외벽 틀 거꾸로 돌돌 말아
바뀐 얼굴 들고
자리에서 실눈 뜨며 일어난다 순간,
여자의 변신은 무죄!
걸어다니는 표정들 웃음 터트린다
제 안의 형태 바꿔내도 죄가 없는?
누군가 뭉퉁 잘라낸 반백의 탈색 부스러기
밖으로 밀어낸다
코팅된 일상 사위어 간다

옥정호 길 안쪽

어느 칼라 문귀에 떠밀려
구구절절 실려 나온 발바닥들인가
등짝 무게 감당 못해 한눈팔던
사내들, 촉각 곤두세워 옥정호로 들이닥친다
10월 문틈 비집고 엉겁결에 주정차한
대형차량, 균형감 잃은 시선 허걱대며
디지털 메모리 속에 먼 산 바라기였던 구절초 밀어 넣는다

정처 없이 떠돌아다니는 바람 귀, 급히 붙잡아 앉힌
화사한 웃음도 잠시
마주 대한 화주花酒마저 얼큰 기울어지고
역광 피해 달아나는 성급한 그림자 반쪽
길 밖 급회전 중인가 굽은 능선의 면벽따라
우회전 깜빡이 황황히 휘돌아간다
대처로 떠도는 은륜銀輪의 실체,
엑셀러레이터 잔광만 남은 골짜기
노을 꼬리 붉기도 붉다

불편한 도강渡江

초고속 속보 짓누르던 방사능
거실로부터 안방 거쳐 서서히 좀 슨다
통보도 없이 후쿠시마는 잘라낸 화농을 대거 방류했다
도처에 주검 파고든 몰염치, 가설은 쏟아졌으나
재생 불능한 물의 화농임이 분명하다
더럽혀진 속곳처럼 아무도 입을 크게 열거나
해명하지 않았다
움직임은 재빨라야 하므로 쏜살같이 괄호를 열고
엉터리 본심 그림자 속에
코브라로 뒤튼 해저 보긴 보았을까
조간신문마다 뒤집어진 어둠에 대해
총대 멘 누군가를 불러세운 것인데
25시 뉴스 진종일 답없는 질문만 퍼다 나르는 중이다
열쇠란 톱니 사이 흐름뿐일까 꽉 들어친 흉흉한 틈
생 헐어내린 방사
지천 떠도는 가혹한 유령들 수수께끼로 뒤엉켜
지구를 돌고 돈다
함부로 떠나보낼 수 없는 작용 반작용!
수문 찾다 길에 갇힌 커튼 밖 동경도 클릭하면
결결 울부짖음 가득한 것인데
그쯤 출구 없는 비명 섬섬 이동 중이다
검은 젖 짜내는 지평, 궤도 이탈 중이다

알바트로스*의 날개

제 사유 풀어 일만 가닥 누에 실타래 감았다 푼다

유년 곱씹는 기억 렌즈 일억만 번 들락거려도
명치에 쌓인 흔적 수북한 사내, 울먹인다
돌아나오면 잊히리라 믿었던 한때의 폭풍,
'절대'라 칭한 명사 앞에 생 귀결될 일 없다고
난타난타 목울대 조아리며

운다

때마다 들썩거리는 아담의 어깨와 천도복숭아
가차없이 전지시킨다
흔들리지 않겠노라 소 등심 같던 외골수
장독대 뒤켠에 서서 힘없이 무너지는 까닭 무엇일까
텃밭 가득 백합 향 흐드러지는 날
불러도 대답 없는 엄마와 흘끗 뒤돌아보는 먼발치 아버지
치렁치렁 손 많이 닿던 앞마당 대추나무와 앵두나무
아직 유년의 시선 반쯤 걸터앉은 툇마루 서성거리는가

---

* 알바트로스: 1885년 6월 2일 부산해협에서 1개체 채집기록이 있으며, 1891년 인천에서 1개체 채집기록과 일자 불명의 전남 거문도에서 채집기록 있음.
소소한 바람에도 날개가 너무 길어 날지 못한다는 새. 일명 바보새라 칭함. 그러나 태풍을 만나면 가장 멀고도 높은 비행을 할 수 있고 날개를 퍼덕이지 않고 6일 동안 날 수가 있으며, 지구를 두 달 안에 돌 수도 있다고 함.

엄마 손 꽉 붙잡고 유학길 떠돌던 시절
낯익은 듯 낯선 눈빛의 가인 닮은 형과
용마루 아래 만찬 꿈꾸던 어미의 초석, 그 둥그레 밥상과
무너질 듯 이어받든 기와
가인 형 사춘기에 맞붙들려 한 겨울 서까래 밑에 밀쳐진
운동화 밑바닥에 괴인 냉기며 실컷 얼어붙은 발등만 훤해
'광야'라는 바람돌 밑에
포도시 길 하나 아벨은 손 맞잡은 것인데

앞마당 수수꽃다리며 백합, 담 밖은 왜 향기로운가

콩물 받아 마시던 어렴풋한 두부집과
판님이 언니네 연탄가게와 순옥이네 어물전 앞 신작로
아버지의 대팻날 눈빛에 괴어 살던 아교 냄새와 나전장롱
그해 너풀대던 목재 향 따라 손발 바쁘던 일꾼들
긴머리 짧은 치마 공방의 골방내 흥건한 기타줄이며
해는 져서 어두운데 하모니카 추억담은 지렁인가
다 적어내지 못한 몽당 연필 사내 하나
딜라일라Delilah! 붉디 붉게

운다

더는 그 빨간 LP소리 들리지 않는 스피커 통에 귀 대고

벌목해 버린 아카시아나무에서 꿀 항아리 꺼내듯
홀로 나중 부르는 노래
숨어서 듣던 담 밖 목청처럼 속 들킬까 생각 움츠리던
꿈의 뒤켠에 오직, 엄마 손뿐
질풍노도에도 도란거리는 앞마당 저녁 불빛은
일 천 뼈마디 스멀스멀 파고든 그리움이었다나 어쨌다나
애정 짓찧던 방앗간, 엄지 손 끝자락 절단낸 生
한눈팔던 어른들 찰나의 애기 사랑 毒 되었다고
전선야곡 한 곡절 제 뼈와 피 그림자로 못박는다

울타리 밖 가시 두렁에 맨발로 선 채
날개 찾는 전사 된 사내

폭풍 몰아치는 바람 길이라도
제 때 제 시 만나면
가장 멀리 가장 높은 방향 생생 날 수 있는 꿈 있어
시나브로 서까래 닭아 둥지 짓는 사내
그렁그렁한 *기록의 書* 타래타래 풀려나온다

몽돌

모난 길 닦아 둥근 휘장 두르고 누웠다
칠팔월의 결과 결 사이에 맞닿은 푸른 살갗
돌의 몸에 한주름 산다
모래무치 누인 발 끝은
해 뜨고 해 지는 고행의 출처 가득한 것인데
잊혀지거나 혹간 잃어버린 이름 뒷목
물 위에 떴다.

소금은 온다!
해루질에 지친 다 늦은 어부의 등 캄캄한 것이어서
저만치 집어등 따라 몰려오는 붉디 붉은 노을 꼬리
걸터앉은 갈매기 떼 적도의 그림자 길어올린다
육지와 바다 드마시며 키 자란 그리움 예까지 찾아왔을까
해송 둘러앉은 교회당 불빛만 훤한 해양 길 낸다

능선과 바람, 섬 하나로 우뚝 내려와
벌떡거리는 파도 심장 노을로 끌어안은 것인데
버리고 떠난 사유 물 위에 둥싯 두둥싯
시일 반쪽 훔쳐 넣는다

전령사가 쪽빛 수림에 어족을 심을 때면
모래알 심야 점자들
향유고래 숨비소리 은근 파고든다
오래 걸어도 닿지 않는 평발의 물고기좌에 걸터앉은
크고 작은 돌의 알!
모난 생 궁글리는 푸른 촉
젖 물리는 태고의 어족, 바다 부레 속에 눈 뜬다

콘트라베이스

–말랑한알속에서갓깨어난병아리처럼평생푹신한제침대만을꿈꾸던건물안펜트하우스무너진곳에민들레한송이피었네바벨탑비린중량톡톡껍데기벗겨낸후간신히눈치챈어제결단코오늘과잇닿지아니함을무릎꿇고천재지변잠깨워세상에서가장슬픈곡조로속살베어무는손가락,손가락들,

거 . 기 . 누 . 구 . 없 . 소!

너는 시방 슬픈가
새벽, 천둥 번개 몰아치네

느닷없는 폭풍 소식 '물에 잠김' 이라네
심연도 깊어지면 수중 울음조차 들키지 않는다는데
격랑 속 지도 지축을 뒤흔드네
춤추는 오페라의 악마에 실린 비가悲歌 목격했을까
소리쳐도 들리지 않는 광장의 아우성
도시 선박, 보도자료에 실려 방송 중이라네

익숙한 골목의 따뜻한 이불들 거리거리 나뒹글고
사는 곳 정할 수 없는 유랑 만리
졸음 많은 생사 악몽 푹신한 침실에 뉘일 수 있을런지
나는 또 내 이웃과 함께 광장 어느 귀퉁이에서
울음 끌어안을 갑남을녀 생각 또 생각하네

고장 난 분침과 초침소리 건너가네
꽃이 가시 된 선인장의 기억이나
물의 나라 된 도시
쥐꼬리 망초과 아칸더스 희망 같이
두 개의 바늘 사이로 빛과 소음 목도 중이네
손과 발 모여 아랫돌 윗돌로 윗돌을 아랫돌로
어긋난 시간 재건해 보지만 회오리의 광란
살쾡이가 된다네

바람결에 뒤집어진 우산 살대처럼
형체마저 흐물흐물 찌그러진 촉각의 아가리
누가 만든 가시면류관인가

버려진 햇빛 초침 수련하면
젖어 찢어진 숨 참느라 호흡곤란 겪는 내 이웃도
대낮 같이 웃을 수 있을까?
등 뒤 그림자 조각조각 둘러앉힌 시름
도시 퍼즐 길어나르네

아파트 옆 저녁

먹구름이 손수레를 끌고 간다 낮게 가라앉은 통배추 들썩거린다 소나기 속 아낙 몇몇 덮개 힐끗 들췄다 내려놓는다 뒷자리에 누워있던 신문지 사방팔방 찢겨나간다 택배 반송되고 중화반점 배달원 부르튼 시간 전송 중이다 송곳 *빗방울 포장도 안 된 생 푹푹 뜯어 제킨다* 하수구 찾지 못한 빗물 도로 점거하기까지 때 못 맞춘 사람들 길 없는 길 찾는다 더는 옮겨 앉을 공간 없는 곳 수직 급강하한 *물의 나라*

물 들어올 때 배 띄워? 젖은 땅 건너기도 전 덜컥 발 묶인 노인, 자원봉사자들 건너지 못한 비명 끌어안고 지하에서 지상으로 이동 중이다 누락된 길 삐걱거린다 구겨진 도로의 암중모색 쓸어 담는 용역인. 쉽게 이주시킬 수 없는 수척한 담 아까부터 *휘청, 휘청거린다*

맨 · 살 · 뚫 · 린 · 발 · 의 · 기 · 억 · 더 · 듬 · 어 · 건 · 넌 · 여 · 리 · 고 · 城 · 근 · 처…
내 귀의 환청 같은 호루라기 소리 구부러졌다 내동댕이쳐진다 제 순서 놓친 사내, 백미러에 몸을 밀어넣고 잠긴 헤드라이트 건져올린다 차창 밖 부라린 먹구름 한 트럭 허공 매달린 울음 파먹는다 이내 헝크러진 경보음 나를 향해 급비상 중이다 고장난 길, 한 짐 내려놓을 때 우루루 건너간다

4부

들에도 봄은 오는가

들에도 봄은 오는가

땅 깊숙이 보습 밀어 넣어 잠든 흙밭 일으킨다
햇살 창창한 날 고랑에 뿌리를 돋우는
손, 논두렁은 시방 부산하다
빗길 타고
눈길을 타고
새카맣게 그을린 한 생의 운율 낮게 낮게
이 고랑 저 고랑 채워나갔을 터
육십 중반쯤 되는 농부가 소 한 마리를 끌고 들어가
아직 손 닿지 못한 논두렁 구석구석 챙기질 중이다
흙밭에 발목 묻힌 채 단단했던 계절 넘어
돌부리에 뼈마디 부딪혀도 이내 맨바닥 다독여
한 호흡 긁어 올리는 하루 해
외진 구석 흘끔흘끔 눈짓하다 급정거하기 일쑤인
도시 자동차는 초초 가로질러 어디론가 사라진다
농부의 굽은 등허리에 한 세월 깊은 등고선 튀어나온 듯 한데
잠시 두렁에 앉아 시간 쓸어내리는 담배 한 개피
천변의 물길 이명耳鳴처럼 파고든다
빙 둘러앉은 산 능선 중심에 그가 서 있는 것인데
에둘러 앉은 여백만 하냥 바라보는 시선의 각은 또 무엇일까
문득, 기울어진 뼈 울림과 말없이 밀어 올리는
낯선 듯 낯익은 수족의 표정 앞에 불현

토목 공방에 묻혀 지내던 아버지, 아버지의 잔상이라니!
아야! 내 삭신인들 무에 대수롭다냐
푸르던 나무 단풍 져도 그 뿌리에서 길 나는 법이란다
바람 끝 잎새로 서늘히 웃음 짓던 등
한평생 길 가꾼 소금 주름 가문 땅 벌어지듯
골수마다 수심 박힌 잔별 이제 알았을까 어쨌을까
겨우내 애지중지 씨앗 키운 싱싱한 움돋음
새날로 잇닿는다

궤도, 레일 위를 달린다

나비는 왜 보리밭에 앉았을까

맨발이었다
꽃바람 밀어내는 플랫폼 그 안쪽
중년 여자 하나 니코틴 아래 몇 번 피었다 진다
빅 사이즈 명품 가방
이별을 잔뜩 구겨 넣고 우두망찰
새마을호 하행선 열차 기다린다
KTX 새마을호 무궁화 저마다 인생짐 찾는
기의와 기표 그림자로 오가는
눌리고 눌린 압화 속 유리알 같은 것

사랑은 이별 뒤 그리움으로만 밀려오는가

일체의 통행 선 긋고 정직하게 떠나고 떠나와도
그림자는 남아
악착같이 전대에 몰아넣던 생선가게 비린내며
육두문자 훌훌 털어내지 못해 은륜 아래 밟힌 것인지
수평 저쪽 바다로 슬몃 고개 돌린다
레일 위 핏빛 노을
아직 봄은 손닿지 않은 먼 먼 나라 소식이어서

반투명 유리막 뚫고 비비적대는 졸음
그녀 곁에 도둑고양이로 들앉았다
굳은살 밴 의혹의 등뼈 단칼에 잘라버려도
기다림이란 안으로부터 뻗치는 표정이므로
시작된 곳 향해 다시 귀향하는 것인지
갯벌 한바작 그녀 뒤로 바짝 섰다

미필적고의

–모르고저지른죄의값은사망보다소생일까?
세상을에덴동산으로창조해완전나신의성체聖體로뒤바꿀수있다면너는
모세십계명따위돌에새길필요없지않을까?부끄러움은똑바로직시하는자
의몫이라고낄낄대는?

너를 고발하는 현장은 언제나 관대한 바다일까 고양이일까

너는 누구도 죽여버리겠다고 한 적 없고
너에 손은 연장 휘갈기고 욕찌기 나불대도
절대 손에 피가 묻지 않았지
너의 질투는 누군가를 향하였으나 그 누군가를 외면한 채
냉혈하게 목숨 깔아뭉개었으므로 죄인으로 남진 않았던 게야
그러므로 양심 따위 심장을 달아맨 무게가 되지 않았고
악마의 기술이나 오페라의 유령 탐지한 게지
훗날 위한 연장 따위 아예 갖추고 있지도 않았어
누가 봐도 완벽한 핸썸이었고 젠틀한 포장기술이었으니 말야

자, 가벼우나 무거우나 제 몫을 묶기에는
리본도 필요했을까 간음하는 사이비 교주 같이
실행과 관념 사이에 신종 바이러스 균 일상 어지럽힐 때
너의 절친 고라니 머릿대가리와 개 코의 마스크라며
비아냥대는 망나니 뒷발길질 키드득 킥킥 한통속으로 자리

잡았지
끽, 하면 죽여 버릴 거야! 라고
입 바로 앞까지 직진의 말 밀어냈지만
결국 말하지 않고 숨통 조이는 방법론 선택한 후
너만의 비밀 창고에 은신하곤 했으므로
듣는 자만 듣도록 자물쇠 당부했던 게야

오류된 시선 심장 사정없이 찌르고
앙다문 어금니 무엇인가 잘근잘근 씹히고 있었음에도
너는 누군가에게 완장을 부탁하곤 하더군
간혹 메아리로 남았으나 아무도 책임지지 않았지

나쁜 남자 흠모하는 여자들 같이 구경꾼은 흥건하였으므로
허리춤에 손 꽂고 고향 담벼락에 기대
먹이 사냥 즐겼던 게야
말하지 않는 조건은 말할 수 없는 조건보다 돈독하므로
듣고 보는 귀 죄다 눈 뜬 봉사였기에 죄 없는 죄인이었지.
너는 예수그리스도를 믿는 방패?
모두 눈 감아준 은 30냥
호주머니 양심 면죄부로 배당받아
천도복숭아 씹어먹는 줄 진정 몰랐던 것일까?
점점 늘어지는 물풍선

너는 누구냐?

기억의 뒷장

1

신발장 여는 순간 아직 제자리 잡지 못한
군화 한짝 휘익 떨어져 내렸어
마치 말하고 싶지 않은 입 튀어나온 것처럼
나를 밀어낸 것인데 말하지 않아도 이내
발 끝에 차이는 느낌과
묶고 풀 수 있는 권한 무엇인지 깨닫게 되는 게지
그러니까 그 무렵 우연이었을까

한 친구의 살아온 신발 소식 들었던 게야
늘 우두커니 소식 반대편 정문 앞에 서 있던
가무잡잡한 얼굴과 작달막한 키
단단한 어깨 받쳐주던 상반신 이름 사이 의문부호
몇 가닥, 어떤 가방 무늬였는지 어떤 빛깔 신발이었는지
당췌 신분을 알 수 없는 기억의 방 한 켠에 불현,
왜 그의 아버지 지팡이가 떠올랐을까

귓 속의 방, 난쟁이가 쏘아 올린
키 작은 안부 들리지 않게 들켜버렸던 게야

가끔 실려온 소식

매번 한꺼번에 툭,툭, 터져 나온
덜 익은 석류즙 닮은 볼 빨간 사춘기였지
그의 등짝에 꽃 핀 무거운 것과 가벼운 것 사이에
생각나사 꽉 끼워 맞췄던 가나다라마바사아차카타…
잊혀진 것과 잃어버린 자모음 문자 몇
확인하려 애쓰진 않았어, 수심 보았으므로

2
강가로 떠밀린 검정 고무신 원형인가
잡힐 듯 잡히지 않는 유년의 줄넘기
무슨 무슨 가방 따위의 호피 무늬와 수선할 수 없는 그리움과
엎어지고 뒤집어져 내리는 는개 걷어내기 위해
온갖 힘 쓰던 사람의 일
익지 않은 살구나 석류알처럼 시금털털 씹혀
말하는 것과 말할 수 없는 것 틈 비집고 나왔지
저만을 위한 탑 하나씩 들어 올릴 때마다
어딘가로 내동댕이 쳐졌다는 소식뿐
더는 익지 않은 풋사과에 대해 슬프진 않았던 게야

아픔을 아프다고 말하는 순간
그 의미는 거짓으로 변질된단 사실 눈치챘을까

드미트리, 이반, 알렉세이*는

---

* 도스토옙스키 유작 『카라마조프 가의 형제들』에 나오는 등장인물 인용.

도스토예프스키만 기르고 낳는 신과 신념 사이
징검다리 아니었던 게야
날마다 태어나고 자라나는 의욕 커질수록
생은 고양이나 삶의 발톱과도 같지
약속은 일치 불일치 사이에서 깨어지기 마련인 것인데
도스트예프스키의 옴스크 감옥에서의 메모가
20년 후까지 시리즈로 창작될 줄 믿었던 일정도
알고 보면 몽환의 길과 실체 뒤 그림자 아니었을까
무거움과 가벼움 속 심안 들춰
계란으로 바위 깨트린 누군가의 처절한 명치 같이
보듬지 못해 떠도는 외짝 신발 아닐지

나는 너를 본다

은류(隱流)

–하동강가에서

흐르는 물밑에 손을 넣는다. 무심한 바람은 아까부터 모래를 깎아댔다. 몽그라진 것들은 늘 의미가 되었을까 말았을까. 재첩 진액 흐르는 마을 흔적. 함지박 속에 강바닥 긁어 담는 여인들 환청 들려온다. 어느 세월인가 흔전만전 누구든 퍼갔을 모래 섞인 저녁 찬거리, 속 풀이 재첩. 등 굽은 세월 모래 털어 내고 멀리 나룻배 한 척 강 결 따라 흔들린다.

실어다 놓고 실어 나른 사유가 얼마일까. 물은 곡소리를 낸다. 때때로 피라미, 허리 굽은 새우 걷어내는 江村. 물질하며 살아가야 할 이유들 깃발로 출렁인다. 앞강 뒷강 지난 세월 사구로 제켜놓고 아연 어질병 나게 하는 평화, 하동 강은 싱건 능청 부리고 섰다.

사람들, 시나브로 무던히 찢긴 그물망 걷어 들앉힌다. 연밥 꼬투리로 삭음질 된 길. 나는 예서 한동안 외곬 벽 허물어 네모진 가두리 속에 숙성된 것인가. 혹간 몽그라진 재첩 모래로 수감된다. 몇 백 미터 시속 추월하여 세상 해수 토악질할수록 어깨 들썩이는 강물, 결을 낸다. 재첩 함지박 속 노을 흥건히 담아 맛 캐던 사람들, 그물을 손질한다.

타인의 타인

등 뒤 십자가 바라보는
수심, 쓸쓸한가 축복인가 은혜인가

때로 무심히 건너오고 건너 간 말풍선 끝에
고립무원 감정의 유리막 물끄러미 치어다 본다
돌이켜 보건데,
가고 오는 가시밭도 아득한 그리움의 전선이어서
아이야, 네 청춘은 물 흐르듯 흐르는가 멈추는가
닫힌 셔터문 뒤 소망도 촛불 한 짐이다
사실, 끊긴 전선 뒤 흐르다 멈춘 눈물 방울도
소금내 진동하는 법이어서
전화선 밖으로 차단된 바이러스 장벽
어미의 어미의 그 어미들, 아비의 아비의 그 아비가
끝끝내 짊어지고 건너온 등고선인 게야

딛고 올라서지 않으면 혁명이 될 수 없다는 너!

우뚝 세운 고층 빌딩과
바코드와 실시간 메신저와 QR코드며 비트코드
문 안쪽 그리운 스위트 홈
탑塔과 톱TOP의 휘어진 시각 누구 몫일까

다락방 기도로 섬긴 지상의 방 한 칸,
탑이 높을수록 자기진정 스위치 불현 고장났던 게지
수직선 천지 절벽을 이루기 마련인 것인데
고스란히 너와 함께 자란 도전의 아이콘
오늘도 키 넘은 바코드 자판 투닥탁탁 옮겨 적는
청춘이란 등고선은 슬픈가 고독한가

이상과 상실, 방파제에 부딪혔다 사라진
수수곡절 멍자국 넘어다보는 것인데
아무도 여닫지 못해 삐딱하게 누운 모서리 토닥이다
이내 속살 베어낸 십자 생 불빛을 본다

등 뒤 십자가 우러러보는 너는 축복이다

진동, 빼앗긴 봄

그 놈 인기척을 아무도 눈치채지 못했다

거리마다 쌓여가는 두꺼운 벽
문 닫힌 상가 구석에 쭈그리고 앉아
점점 두더지가 되어간다
삶과 죽음의 비발디
맨 앞줄에 서서 누군가 1분간 손을 씻는다

로드킬 당한 고라니의 사체 미처
확인 못하고 횡단한 적 있다
밀려들어온 소나타 영혼을 훔쳐보았는지 어쨌는지
그러거나말거나 가로세로 길은 줄행랑쳤다

사색 된 뉴스는 매일 단단한 벽이나 ( )에 대해
정수리부터 발끝까지 생사 연대기 편집, 기록 중이다
가래침 속에서 자가조치 당한 미래
그 놈이 숨어 울려대는 괘종시계 속 상처는 누구의 몫인가
흔들, 흔들, 흔들거린다

친친 동여맨 상처 지나가고 지나가고 지나간다

둥근 시간 끊어졌다 이어지고 흩어졌다 모인다
매일 허들 넘는 거대한 주검의 그림자
아무도 망대가 되어주지 않는 바깥 窓일수록
그 놈 고개는 아직 직각인 채 단단하고 뻣뻣하다
도무지 이정표 없는 방명록만 쌓인 거리의 거리

텅 빈 것들의 아우성

발자국보다 먼저 들이닥친 눈치 빠른 놈이
또 다른 벽 넘는다
구급차 울고 불온한 현황게시판 자막 올라간다

사람주나무

어깨 툭툭 스치는 바람 끝에
새똥 같은 계절 한 잎 후두둑 일상을 떨구네

제 때 제 시절 따라 맴도는
능선과 바닥, 간혹 변이로 비껴 건너가는 알 껍질
나는 들여다보았을까
이따금 우편함에 꽂힌 소식도
속절없이 多情도 하네
오가는 걸음 속에 시절 한 편 간신히 젖어
아마도 나는 꽤 오래 격리 중이었던 것인데
이쯤 하시절 정겨운 풍경 애잔하기도 하다니!
언어의 장벽 앞에
돌연 물드는 촉각은 쪽빛으로 빛났을까
풀잎에 맺힌 이슬처럼 사유도 각색이어서
너무 늦은 성찰 골골이 적막에 머무는 중이네
인적없는 산사 곱게 덧입힌 탱화
관음보살만 능선 아래 면벽 중인 해거름
눈 감으면 눈 먼 속눈썹 사르륵 어디론가 떠나고
널브러진 숲 사이로 새로 낸 작은 오솔길 훤한 것인데
얼마를 걸었을까 건넜을까
본다는 것 듣는다는 것 들어준다라는 것

산은 적요로 흐르네
시냇물은 밤 깊도록 배달된 곡절
매매 닦으며 흐르는 것인데
스쳐 닿는 대나무 잎 온통 날 세워
울울한 숲머리로 다가오네

틀니

컵 속에 전신 반쯤 담근 잇몸 들여다본다
미끈거리는 소독제에 휘감겨
풀어져 나온 일기문을 어디서부터 어떻게
다독여야 할까 암송해야 할까
꼿꼿한 밥상머리 이야깃거리 정도로 저만치 밀쳐놓고
자근자근 씹어 작은 문하나 내던 생식에 대한
고뇌, 거리는 천만사다
걸리적거리는 가시지느러미를 남몰래 발라
젖니를 키우던 진통도 일상 건너야 할 모서리였을까
돌아보니 본시 혈이란 천의 길이다
내 몸에서 자라나는 것과 어미의 뼈에서 빼낸
오랜 섭생攝生
꼭꼭 씹어 발라 먹여도
이와 잇몸에 낀 자잘한 걸림은 나와 너의 관계였으므로
혀에서 목구멍까지 들고 나는 덜컹거림 또한
명치에서 끌어올리는 아득함만은 아닐 터.
종종 T.V 앞에 조용히 눕는 어머니의 하루도
이쪽과 저쪽 경계에 선 통로다
도수 높인 안경도 더는 시간을 어쩌지 못해
제 자리에 몸 맞춰 한 뼘 구부린 것인데
이 없는 잇몸으로 시방 자갈길을 건넌다

송곳니와 어금니 중간쯤 모래자갈 같은 이끼도 걸렸을까
들여다보면, 일 인치도 안 된 찌꺼기 홀연
불콰함으로 자리 잡는다
알게 모르게 벌어지는 생사 틈
아래턱을 뺐다 이내 생을 필사적으로 밀어 넣는 순간
철커덕, 균형감각 상실한 지각변동 보인다
마침내 갈고 닦아 떠밀어 앉힌 몸 안 쇳소리일까
어머니, 뒤채는 몸짓 쿠웅 쿵 울린다

엘리 엘리 라마 사박다니

–만일 할 만하시거든 이 잔을 내게서 지나가게 하옵소서
그러나 나의 원대로 마시옵고 아버지의 원대로 하옵소서
–마26:39 말씀

짓이긴 선인장 위 걸어가듯 무저갱 오가며
밤새 전쟁을 치르고
수술실 — 관계자 외 출입금지 —
인공 홋수가닥 암호 내벽 기관에 걸고 의사 몇
미로통로 개관하는 내시경 따라 우루루 우루루
환자의 구부러진 이승 터널 청진한다
울지 않고 건널 수 있는 요단 江 있을까

십자가 걸머지고 겟세마네 동산에 오르던
예수의 그 핏빛 없던 음각의 복사뼈 갉아대던
행선지, 젖과 꿀 흐르는 심해의 배경 뒤 배경 본다
좁은 문으로 들어감도 마다라지 않던 한 겹 노동
불쑥, 복개(覆蓋)된 울아버지 갈급한 영혼 사해로 펼쳐진다
생사 무게 덜어낼 여분도 없이
저녁 등진 한줌 빛 관장한 늦은 오후 휘장 찢긴다

마취된 형광 불빛 아래 원인불명
반쯤 구겨진 요셉 울아버지 검은 안경테 너머로
체온 깁는 수천 볼트 고압선 의료 칩 그 경계와 경계!
열매 맺지 못한 무화과나무 호로자식 끌어안듯 얼싸안고
21세기 오토매틱 풍속에 압송당한 '가장'이란 부사
일생 눈 먼 주름살 펴주는 천직이었음인데
잘려지지 않고 단단히 틀어박힌 혈 맺힌
음각, 그 지평 아래 뉘인 끌과 대패질
흑암 몇 토막 듬성듬성 거슬러 오른다
블랙홀에 빠져든 넋이라도 살리는 것은 靈이어서
아버지 눈 속에 하현달 뜨고 가나안 향해
링거 꽂은 무명한 손자국만 겹쳐지고… 겹쳐지… 겹쳐… 지…

광야의 랩소디

무게 없는 마음은 도대체 몇 근인가

홀로 광장에 서 있는 나만의 우울 몰려와
다 저물도록 쭈그려 앉은 시대 기록 들여다 보는 중이었을까
영혼 훔쳐 달아난 이별 같이 하루는 금방이고
미래의 한달 시방, 석양 앞에 울컥 들어앉았다
목마른 목젖 적시는 쪼개진 바가지랄까
이쯤 *딱, 이슬맺힌 반주 한잔!* 그것 참 괜찮을 것 같은 날
할머니 맥주집 앞 주춤주춤 우쭐대는 젊은 피
떼 지어 어딘가로 훌쩍 떠나고
사통팔달 고속주행 적요한 시점
그 찬란하던 궁창의 별과 달 아득하다
어둠 밀려오면 빛은 자연 발하는 것이어서
형상은 점점 점, 우물진 명확한 수심
너를 기다리던 아우토반 그림자는 얼마나 또 출렁거렸을까
자갈 많은 길
비포장 도로 넘어서면 어릴 적 시냇가는 왜 선연한 것인가
꽃고무신 속 모래알은 왜 지지 않는 시계인가
별은 칙칙하고 우주는 광폭인데
홍두깨로 한생 실컷 두들긴 북어대가리처럼
누군가 진국 한소끔 우려낸 것인지

목마른 사슴되어 비탈 위에 선 사람들
시·간·의 너울 왜 그리움의 물결이라 이름 짓는 것인지
하면, 괜시리 어릴 적 빨래터는 왜 선연한 것인지
그 위 고속도로 질주는 누구누구 시발점인지
왜 별도 없는 어둠에 취해 가르릉거리는 것인지
취해 비틀거리는 저 풍광의 정체는 무엇일까
붓 끝에 흠뻑 젖은 먹물도 그 농도 끝에
하이얀 여백 머무는 법
평생 수련 쉽지 않은 하루
능선, 가시밭에 백합화도 그냥 핀 것 아니었던 게야
하늘도 우르르 쿵쾅 맺혀있던 눈물 비 쏟아내시려나
*삐걱대*는 소리의 부표 두둥실 떠다닌다

다시 세월, 에덴의 동쪽에서

—청년에게

아야, 떠나는 것은 남는 것보다 쉽더냐

제 식대로 말하는 법 이미 익혀버린 탓에
생각은 우거지기 시작했던 게야
인적 없는 곳 찾아
혼자의 둥지 틀어보니 좋더냐
네가 몰래 던져 놓고 떠난 숙제에 대하여
그 낱장만 매단 달력 구멍 날 때까지
들여다 볼 필요 있었을까, 싶은 것인데
먹구슬나무 열매 배롱나무 겉옷
밤하늘 아래서 허물 벗기듯
네 배냇저고리 뒤로 잃어버린 소망과 사랑
꿈틀거리고 있었지

중심 없는 세파 문설주에 기대서서
몇 번씩 뜻밖의 유년에 대해 안부 주고 받을 때
달콤 살벌한 텔레파시 뒷면을 훔쳐보았는지 몰라
논바닥에 앉아 보리 깜부기 태워 먹던
추억의 아버지, 길 위에서 나를 보았던 게야
문득, 들판 내음 더욱 허기지게 만들 때
연초록 풀잎 끝 방아깨비며 메뚜기 떼
사드락 사드락 안개로 풍경으로 멀어진 날

아담과 하와의 천도 복숭아와 가죽 치마 사이에
하늘과 땅, 그 중력의 질문 아득해진 것인데
어떤 의구심 해초로 자랐던 것일까
하면, 생각은 *작두콩에 매달린 키다리 아저씨였을까*
자라나는 피노키오 코였을까 유유한 달빛과
그 햇살 너머 품어 삭인 은륜
노스텔지어의 노란 손수건 아니어도
애써 끄집어낸 가족사진 내걸 듯 안쓰러울 수 있었겠지

수수께끼란 의미 뒤 의미인 것이므로
긴 역사는 아직 정박의 닻 내리고 싶지 않음에 대해,
사소한 것이 사소함 아님에 대해
쉽게 서러워하지도 아련하지도 않은 촌각인 게야
한꺼번에 이뤄지는 행복없으므로
넓고 광활한 길일수록 오아시스는 달콤한 법이니

배꼽의 진리 깨닫는 것도
어쩌면 더 긴 요단강 필요로 하는 미래 엔진 가동 아닐까
이제 더는 출항의 뱃고동 울리는 것에 대하여
유년을 두려워 할 이유 없으므로
아야, 거리가 멀수록 기도는 간절한 천국인 게야!
순풍에 돛 달고
아직 가보지 못한 어디쯤 서성거리며
찢어진 청춘의 슬로건 너울쳐도

아야, 길 위 길 해뜬다

은행나무 길

한 발 툭 내딛는 발길마다
그렁그렁 속삭이는 샛노란 잎새
시나브로 쏟아진다

듬성듬성 오가는 이른 시내버스 안
입김 서린 민 유리창 밖으로
고개 쑥 여민 몇몇 시린 눈매
휘리릭 은행나무 싸매어 돌아나간다

길목에 엎딘 맑은 실바람
나무 겨드랑이 살랑살랑 파고든 건지
새벽 정강이 아래 투욱! 툭
잔가지 부러트리는 황금 불똥
활활 불사르고 있다

삼복염천 삭히다 보면,
떫고 쓴 속 生生 여물어
아흔 아홉 뼈 마디마다
저토록 눈부신 빛 찰방찰방 헹궈내는 걸까

속살 휑 뚫린 지천 흔들어
살살살 우듬지 비껴 앉힌 낙하지점엔
어느새 해탈한 나무 웃음 훤해

시방 내 마음 구석구석 잠복한
노오란 헹가래
그렁그렁 투욱! 아득히 흔들린다

못에 대한 기록

1

신발장 안에 대못 하나 돌출되었다. 숨어 녹슬다 毒 올랐을까. 손 바쁜 생사 덜컥 물어뜯었다. 산화철 악몽의 붉은 핏방울 속에 어머니 뒤섞인다. 길 아닌 길로 터져 나온 비명 서로를 끌어안지 못한 미친 환청 통증을 밀친다. 구멍 난 수족 끌고 다닌 저장된 기억 속 서랍, 열어제킨다.

뾰족한 것은 예리한 칼날 되어 직설적으로 내리꽂힌 단호한 결단력만을 의미한 것 아니다. 갯바닥 숨구멍이 품고 사는 녹색 저장탱크처럼 내수면은 복합적일 수 있다. 간혹, 탐독의 병증 이유 초월한 어지럼증 따라 뜻밖의 맵찬 평지풍파와 한기 오래 뜸했을 길 삭이다 한꺼번에 꽃 핀 족적!

썩은 살 파고드는 내상, 평생의 독 봉한 상처 생살 꿰뚫었을까. 빛 한 사발 좇아 우주 자궁 밖으로 빠져나온 자전과 공전, 서에서 동으로 은근 이데아를 꿈꾸는? 튀어나온 모서리에 꿰인 악몽 질문 많은 어린싹 애지중지 어르고 달래 키운 둥근 달! 손 뻗치면 서로 닿을 듯 말 듯 엎드린 수심 꿈틀 꿈틀거린다. 모서리 기억은 시간의 알이다. *고름이 살 되었을까?* 내 어머니 관절 뚫고 나온 못과 못, 달과 지구 사이에 틀어박힌 통증 난산을 거듭한다.

2

그 많던 정원수 누가 다 톱질했을까? 단단하게 걸어 잠근 쇠 빗장은 우라늄 빗방울보다 순수할 수 있을까. 함부로 손댈 수 없는 능소화와 울타리 안에 가득 찬 수수꽃다리. 쭈뼛거리는 이웃 피해 엄마도 없는 지붕 개조한 톱과 망치소리. 뿌리 깊은 세간 조각난 기와는 누가 *그린 그림일까 기린일까*. 대서양 무단 횡단하던 우라늄이 검푸른 우산 틈새에서 의심된 빗방울 생산할 때 내 어머니 파상풍 혹부리 고래등 되었다.
아침 기다리는.

한 평도 안 되는 삶의 비밀

하늘 맑아 다행이라고
차양치는 이웃 사람들 술렁술렁 입담 나눈다
몰골 갇힌 어둠, 더 이상 저장된 흑백현생 거부하는지.
망자의 일상 홰쳐 댄 왼갖 곪아터진 생채기
등 굽은 상주 어깨 아릿아릿 들춰 인화한다
때로 객지 사람들 우루루… 몰려와
친인척 소맷부리 부여잡고 한바탕 호곡號哭한다
제법 입성 곱고 살갗 뽀얀 눈 부리부리한 사람들과
그렇지 못한 사람들 들쭉날쭉한 해거름.
펄럭이는 만장輓章 시나브로 길 닦음 치고
소복 입은 아낙들 오면가면 남겨진 유산 빙빙 뒤적인다

(전율하며살수없었던뻐저린통한의길사랑어린다)

천지 쪼갠 가시광선 등줄기 말아 닫는 순간,
과장된 몫의 뒷전에 선 한 사내 울컥 속울음 짓고
문설주 기댄 또 한 사내 흠칫, 뒤돌아본다
상두술에 취기 밴 조객들 일월성신 화투 붙잡고
허허딱딱 떼 지어 혼란스럽다 이내
망자 찾는 잉아 끈 하나, 둘 뿔뿔이 흩어낸 새벽
화들화들 만가輓歌 실린 비밀한 문 열린다

"인생은 한 줌 흙이여…" 속내 털어 낸
생사生死 엮인 옷, 신발, 안경, 가지가지 허기진 소각장
타닥타닥 불티 사위어 가고
산 사람들 비탈진 길 한 발 툭, 비껴 선다

지상의 숟가락들

가시 박힌 등,
누가 편하게 제 등을 보일 수 있을까

모두 비법을 찾긴 찾아냈을까
자신에게 벌어진 상황- 그 무게의 백신에 대하여
누가 입 틀어막았을까
어둔 길 위에서 어떤 방향타 낱말 잃어버렸을까
기둥과 서까래 바로 세우지 못한 입과 입 사이에서
어긋난 틀니처럼 덜컹거리는 음운 현상,
시절 하나 휙 지나간다

첨단 문명의 유배지 제대로 건너긴 건너가고 있는
것일까 쉬운 게 쉬운 것만 아니므로 깨달음 없는
원죄인지 삶의 종말인지 사과나무 중력은
영원불변인가 아닌가
카오스는 카오스를 불러오는 것인데, 모든 시점
1인칭에 머무른 사소한 것들로부터의 행복 타운!
지금 알았던 것 그땐 왜 몰랐을까 하면,
빛의 속도에 맹렬히 뛰어든 고라니는
누가 죽인 주검인가 선택인가 사슬고리 상생인가

하루살이 엎질러진 노동 등지고 넉두리 몇 잔
띄운 채 제 각각 눈시울 붉힌 것인데
ㅍㅅㅏㅠㅡ 닿소리 홑소리 엇갈린 발음과 보폭
투가리 바닥에 남은 국물 한 숟가락 좇다
고개 떨군 확신조차 종국에 일일 쌈짓돈인
것이어서 대찬 바람도 궁색한 기회만 엿보고 섰다

문명의 바람 구멍 휑휑한 쇠빗장 밀치고 다시
일어 설 수 있을런지
셔터문 닫힌 의문부호 귀퉁이로 딱 한 점
고향 안부 집어 올린 다 늦은 저녁
둥그레 밥상
연탄 숯불구이집 앞 코 끝만 벌름거리는
안부 몇 건너왔다 건너간다

등과 등뼈의 부대낌 전쟁 같은 시대의 문장
어떤 지문을 키워냈을까 지나간 것은
상여군인 소아마비 넝마꾼 엿장수 아이스께끼
얼음 과자, 비단 비포장 뿐이었을까

5일 장바닥 비암 장수 붓돌이 아부지
아득아득 스쳐 지나간다
누가 죽어도 이상하지 않을 것 같은 거리에
굽은 등뼈 모여 앉는다

세월은 다시, 봄!
굶주린 이마 맞대고 답 없는 수난
나비나비 깃 세운다
어느 발밑에서 썩지 않는 기억으로 막 내리려나
자라난 걱정들, 건너온 속도 애써
둥글게 둥글게 페달링 중이다